행복하게 해줄게

행복하게 해줄게

소재원 장편소설

네오
픽션

차례

1··1
아내

8주 동안 남편이 들어오기 전까지 잠을 이룰 수 없었다. 대리 운전 일을 하는 도중 쇄골이 부러지는 뺑소니 사고를 당한 그이기에 들어오는 걸 봐야 안정을 찾을 수 있었다. 22개월 된 딸아이와 둘째 예정일을 일주일 앞둔 나는 남편을 따라다닐 여건이 되지 않았다. 배가 불러오기 전까지만 하더라도 우리는 함께 대리운전 일을 했다. 첫째를 카 시트에 재우고 남편이 대리 기사로 술 취한 누군가의 자동차를 운전하면 나는 우리 차로 뒤를 따라갔다. 남편은 손님 차를 안전하게 주차하자마자 우리 차로 바꿔 타고 또다시 운전했다. 차에 오르자마자 늘 하는 행동은 뿌듯해하며 나에게 돈을 건네는 일이었다.

"오늘도 많이 벌었다, 그치?"

남편은 운전하는 내내 뒤를 돌아보며 유연이의 자는 모습을 바라보기도 하고 내 배를 어루만지며 콩딱이에게 다정하게 말을 건네기도 했다.

"아빠가 조금만 더 열심히 해서 대출금도 갚고 집도 사고 우리 유연이랑 콩딱이랑 엄마랑 행복하게 해줄게!"

매번 주문처럼 남편은 말했다.

—행복하게 해줄게.

남편은 항상 그랬다.

—행복하게 해줄게.

어쩌면 그 때문에 버텨온 건지 모른다.

—행복하게 해줄게.

그런 이유로 내가 만삭이 되자 중고 전동 킥보드를 사서 혼자 대리운전을 뛰다 뺑소니를 당해 쇄골이 부러지는 사고를 당했어도, 온전치 않은 몸으로 대리운전을 나갔는지도 모르겠다.

—행복하게 해줄게.

사고 후, 보험료를 낼 돈이 없어서 실비보험이 실효됐다며 내일 보험료를 내고 병원을 가자는 남편. 하루는 참을 수 있다고 우기는 모습은 정말 우리를 행복하게 해주려는 의지였는지도 모르겠다.

—행복하세 해줄세.

오늘도 주문을 외우고 나갔던 남편이다.

그런 남편이 8주 만에, 다시 일을 시작한 지 3일 만에 또다시 뺑소니를 당했다.

　사람들이 말했다.
　왜 많고 많은 일 가운데서 대리운전이냐고.
　나는 침묵할 수밖에 없었다.
　"남편이 야간 근무까지 해도 벌어오는 돈이 2백만 원이 채 안 돼요"라고 차마 말하지 못했다.
　"남편 공장 사정이 좋지 않아 6개월째 월급이 들어오지 않고 있어요"라고 차마 말하지 못했다.
　"우리 같은 사람들은 다른 직장으로 옮기지도 못해요. 6개월 치 급여 받을 일말의 희망 때문에라도 스스로 탈출할 용기를 내지 못해요. 그 희망마저 없으면 우리는 절망 속에서 한 달이 넘도록 직장을 구해야만 해요"라고 말하지 못했다.
　"나이가 마흔한 살이라 당장 구할 수 있는 직장이 없어요"라고 말하지 못했다.

　남편의 전화가 온 건 새벽 세시였다. 119를 불렀다 했다. 자고 있는 유연이를 안고 택시를 타려다 멈칫했다. 남편이 간 병원은 김포우리병원인데 검단에서 거기까지 대략 만 5천 원 정도가 나온다. 나는 잠결에 떼를 쓰는 유연이를 카 시트에 앉혀놓고 차에 시동을 걸었다.
　시동을 걸다가 울어버렸다. 15년 된 중고차 엔진에 시동이 걸

리지 않았다. 그도 그럴 것이 남편은 기름값을 아끼겠다며 지하
철로 월급도 나오지 않는 회사에 출근했다. 나도 도보로 이십 분
거리인 병원을 버스비를 절약하겠다며 걸어다녔다. 방치된 자
동차가 섭섭함을 드러내는 건 당연했다.

핸들에 머리를 처박고 울고 있을 시간이 없어 정신없이 다시
유연이를 안았다. 택시를 잡기 위해 나온 거리는 겨울바람이 매
섭게 불었다.

하필이면 택시도 보이지 않았다. 인도에서 내려와 한 걸음 도
로에 들어섰다. 그런다고 택시가 빨리 올 리 만무하지만 그렇게
라도 해야 했다.

삼십 분 만에 택시가 잡혔다. 나는 눈물마저 얼어버린 상태로
유연이를 히터 가까이에 앉히고 말했다.

"김포우리병원으로 가주세요. 빨리 좀…… 제발 빨리 좀 가주
세요."

우리는 우리의 삶이 힘겨운 삶이라 여기지 않았다. 마냥 감사
하며 살아왔다. 대출금을 밀리지 않고 살아감에 감사했고 월세
를 매달 잘 내고 살고 있음에 감사했고 우리 가족이 함께 살아가
는 것에 감사했다.

우리를 힘들게 하는 긴 돈이 아닌 사람들이었다.

사람들은 보통 무식해서 가난하다고 단정 짓는다.

어느 지식인은 결속된 집단의 정의를 주장하며 그것만이 유

일한 가난의 돌파구라 말한다. 불합리한 것들에 과감한 신고를 장려하기도 했다.

나는 그런 이들에게 항변하고 싶다.

무식해서 가난한 게 아니에요. 가난해서 무식한 거예요. 월급을 받지 못해도 노동청에 신고하지 않는 건 무식한 게 아니라 불이익을 당할까 두려운 것뿐이라고요. 무식해서 가난한 게 아니라고요.

누구는 국민의 힘을 모른답니까? 누구는 촛불집회에 나가고 싶지 않았답니까?

그런데요. 정말 그런데요.

당신들이 뭔가를 배우고 촛불을 드는 한 시간이 우리에게는 6천 원이었어요. 6천 원을 벌어야만 했어요. 그러지 않으면 우리는 당장 내일이 힘들고 모레가 힘들고 한 달을 살아갈 수가 없었어요.

그러니 그렇게 함부로 이야기하지 말아주세요.

누군들 무식하고 싶답니까?

누군들 외치고 싶지 않답니까?

조금도 모르면서 우리를 비난하지 말라고요.

우리는 그렇게 살아가야만 했어요.

우리는 적어도 그렇게 해야만 살아갈 수 있는 사람이라고요.

택시를 타고 병원에 도착하자마자 남편을 찾았다. 남편은 응급실 간이침대에 누워 있었다. 나를 발견하지 못한 그의 얼굴이 고통을 호소하고 있었다. 나도 모르게 입이 열렸다.

"유연 아빠."

내 목소리를 듣자마자 남편이 웃는다. 언제 그랬느냐는 듯, 나와 울고 있는 유연이를 보고 웃는다.

"왔어! 미안해. 또 킥보드가 부서졌네. 하하! 어쩌지?"

남편은 마음속으로 주문을 걸었을 것이다.

―꼭! 행복하게 해줄게.

수술실 앞을 지키는 도중 유연이가 잠에 빠져들었다. 아빠는 괜찮냐며 걱정 어린 눈물을 쏙 빼다가 제 울음에 지쳐 잠들어버린 착한 딸이다.

쇄골은 자연히 붙는다며 8주를 쉬라 하더니 이번에는 수술을 해야 한단다. 뼈를 고정시켜야 한다 했고 6개월 이상의 회복 시간이 걸린다고 했다. 중요한 수술이지만 생사를 오갈 정도는 아니라고 했다.

누군가는 지지리 복도 없다고 말할 것이다.

나는 유연이를 품에 안고 콩딱이를 어루만지며 신에게 기도했다.

"히느님 감시합니다."

괜찮다.

이겨낼 수 있다.

대출 독촉 전화가 수천 통이 걸려 와도 상관없다. 우리 가족이 길바닥에 쫓겨나도 어딘가 살 곳은 있을 것이다. 지금보다 조금 더 고통받을 뿐이고, 이 고통은 오래가지 않을 것이다.

함께 걸어가는 길목 어느 지점에서 반드시 끝날 것이다. 힘겨운 가시밭길이 길게 이어진다 한들 모두 이겨낼 수 있을 것이다.

감사한 것만을 생각해보자.

적어도 아직은 우리가 함께한다는 것에.

그래야 작디작은 희망이 떠나지 않고 남아 있을 테니까.

1··2
남편

    오늘은 돈을 많이 벌었다. 가벼운 마음으로 집에 들어갈 수 있을 거라 믿었다. 만삭인 아내에게 오늘만큼은 매운 족발을 사줄 수 있다는 기쁨이 걸음을 빠르게 만들었다. 8주 전에 부서졌던 킥보드를 30만 원이나 주고 고쳐야 했다. 덕분에 아내는 그동안 매운 족발에 대해 말하지 않았다. 나는 알 수 있었다. 퇴근하는 날 버스 정류장으로 마중 나온 아내와 걷는 도중 눈치를 챌 수 있었다. 아내는 우리가 살고 있는 상가건물 건너편에 항상 시선을 고정했다. 그곳은 매운 족발을 파는 집이었고 나는 아내에게 미안함을 감추지 못했다.

    "족발, 먹을까?"

    어렵게 꺼낸 말을 아내는 단칼에 거절했다.

"족발은 무슨 얼어죽을. 됐어, 아기 지금보다 더 크면 낳을 때 힘들어."

고개를 떨궜다. 사고만 나지 않았어도. 킥보드를 고치지만 않았더라면 콩딱이에게 이것저것 푸짐하게 먹일 수 있었을 텐데.

"빨리 와. 된장찌개가 너무 땡겨서 해놨어."

앞장서 걷던 아내가 나를 재촉했다. 된장찌개라. 된장찌개라. 연애 시절 삼겹살집에서 서비스로 나오는 된장찌개에 손도 대지 않던 아내인데…….

그런데 된장찌개가 너무 땡긴다니.

나는 아내가 싫어하는 음식마저도 좋아하게 만들어버리는 몹시 나쁜 재주를 가지고 있었다.

이런 나약한 가장이 오늘만큼은 아내를 위한 선물을 해줄 수 있다는 기쁨에 설렜다. 풍채 좋은 중년의 남자가 고생한다며 대리운전 후 10만 원을 쥐여줬다. 공손히 돈을 받으며 몇 번이고 감사를 전했다. 비틀거리며 아파트로 들어가는 남자가 완전히 사라질 때까지 "감사합니다"를 반복해서 말했다.

족발집이 문을 닫기 전에 사야 했다. 킥보드 속도를 조금 내봤다. 칼바람도 나를 막지 못했다. 손이 얼어버려 감각이 무뎌졌지만, 신경 쓰고 싶지 않았다. 천만다행이다. 횡단보도의 불들이 계속 파란색이다. 신나게 달릴 수 있었다. 집까지 3킬로 남겨놓고 마음껏 속도를 냈다.

행복으로 가슴이 벅차오르는 순간이었다. 마음이 너무 앞서 족발집에 도착한 탓일까? 나는 느닷없이 정신을 잃었다.

　어느 날이었다. 대리운전을 시작한 지 얼마 되지 않는 날이었
다. 그해 매서운 한파가 처음 몰아치던 날이었다. 귀마개와 내복
을 껴입고 패딩 조끼에 점퍼까지 완전무장을 하고 열심히 콜을
기다리고 있었다. 추위는 발가락까지 무장시키지 못한 탓에 발
끝의 감각이 무뎌져갔다. 어떤 콜이라도 좋으니 따뜻한 차 안이
간절한 순간이었다. 편의점에 들어가 있을까 고민했지만 이내
포기했다. 잔돈도 없었을뿐더러 만 원이 천 원짜리 아홉 장으로
바뀌는 것에 부담을 느꼈다. 핸드폰으로 콜이 들어오면 무조건
콜을 눌렀다. 분명 손가락은 빨랐는데 어느새 다른 기사에게 배
당이 돌아가 있었다. 답답한 마음에 한숨을 내쉬었다. 그때였다.
바로 코앞의 거리에서 콜이 들어왔고 나는 목적지를 볼 새도 없
이 콜을 받았다. 운수가 좋은 날이었나? 곧장 내게 배정이 됐다.
그뿐 아니라 목적지는 하루 일당의 절반에 해당하는, 거리가 좀
있는 곳이었다. 게다가 번화가를 앞에 둔 도착지는 또 다른 콜을
기다릴 수 있는 최적의 장소였다.
　나는 추위로 무감각해진 몸을 억지로 움직였다. 고급 술집 앞
에 다다르니 기다릴 필요도 없었다. 주차 요원으로 보이는 중년
의 남성이 "대리세요?"라고 물었고 내가 "네"라고 대답하자마자
웅장해 보이는 세단의 키를 넘겨줬다.
　"차에 들어가서 기다리세요. 곧 손님 나오실 거예요."

"감사합니다."

따뜻한 히터 바람을 느끼며 여유 있게 손님을 기다렸다. 목적지를 핸드폰 내비게이션에 입력하고 발가락이 점차 제 기능을 찾아갈 때였다. 젊은 여자들에게 둘러싸인 낯익은 누군가가 비틀거리며 걸어 나왔다. 어디서 봤더라? 내 머리는 빠르게 기억을 더듬었다. 익숙해도 너무 익숙한 그 얼굴은 많은 시간 고민을 만들지 않았다.

고등학교 동창. 늘 사고를 치고 말썽을 부렸던 친구. 2년 동안 같은 동네에서 살았고 2년 동안 매일 함께 등교를 하던 녀석이었다. 녀석은 잠시 여자들과 담배를 태우더니 끝내 내가 운전해야 하는 자동차 조수석에 몸을 실었다.

"어떻게 이렇게 만나냐?"

호탕하게 웃는 친구는 차창을 조금 내리고 담배를 물었다. 곧이어 내게 담배를 건넸다.

"편하게 피워. 얘기나 하면서 천천히 가자."

결혼을 하면서 담배를 끊었던 나다. 그런데 왜일까? 난 말없이 담배를 받아 들었다. 친구가 친절하게 불을 붙여줬다. 한 모금을 깊숙이 빨아들였다. 간만에 피우는 담배에 어지러움을 느껴 바로 핸들을 세게 움켜쥐었다. 그리고 최대한 태연하게 안정적으로 운전하며 나도 살짝 차창을 내렸다.

친구가 넌지시 물었다.

"힘든가 봐?"

난 웃으며 말했다.

"뭐…… 다들 그렇지."

친구가 내 어깨를 토닥였다.

"어렸을 때랑 너무 똑같아. 너 고딩 때 얼마나 착했어? 넌 너무 착하고 물러터져서 그래. 독해져야 돈을 버는 거야."

친구가 추억에 젖은 듯 지긋이 나를 보며 말을 이었다.

"하긴. 난 그런 네가 좋았지만."

친구에게 말하고 싶었다.

착해져야만 했다고.

물러터져야만 했다고.

착해야 술 취한 손님과 싸우지 않는다. 독해져서 싸움이라도 나면 경찰서에 끌려가 하루를 날려버린다.

물러터져야만 한다. 공장 사장과 월급 때문에 싸우게 되면 나는 어떤 수입도 기대하기 어려웠다.

경찰서에 가느니 시원하게 욕지거리를 듣고 실실 웃으며 돈을 받아내는 편이 내가 할 수 있는 전부였다.

다음 주까지는 준다는 사장의 말을 믿고 "알겠습니다"라고 말하는 편이 내게는 훨씬 이로웠다.

이런 푼돈과 기대까지 사라진다 생각하면 내일이란 시간을 살아갈 용기가 없었다.

"다음 주까지만 버텨보자. 사장님이 준다니까. 미안해. 하지만 목돈이잖아, 그치?"라는 말로 하여금 나는 그나마 꿈꿀 수 있었던 것이다.

한심한 듯 나를 바라보는 친구가 미웠다.

나를 끝없이 비참하게 만들고 있었다.

이런 미움과 비참함을 느껴도 화를 내기보단 허탈한 웃음을 짓는다.

허탈한 웃음에 친구가 수표 몇 장을 쥐여줬기 때문이다.

그리고 잠시 차를 멈추더니 딸에게 갖다주라며 케이크를 사줬기 때문이다.

친구가 차에서 내리며 명함을 건넸다. 힘들면 연락하라며 일자리를 주겠다고 했다. 나를 한 번 진하게 안더니 등을 토닥였다. 그러고는 으리으리한 고급 아파트 안으로 들어갔다. 나는 친구가 들어갈 때까지 우두커니 서서 뒷모습을 바라봤다. 친구의 모습이 사라지고 나서야 천천히 돌아서며 명함을 내려다봤다.

금융업이라 적혀 있었다. 핸드폰으로 친구의 회사를 검색해봤다. 많지는 않지만 불만이 가득한 글들과 여러 송사에 얽힌 사연들이 줄지었다. 나는 아파트를 빠져나가며 명함을 구겨버렸다. 자존심이 아니었다. 내가 살아가는 방식이 착하고 물러터진 거라면…… 참 억울할 것 같았다.

잠에서 깨어나니 아파왔다. 죽을 만큼 고통이 엄습했다. 입술을 깨물고 버텼다. 의사는 왼쪽 전체가 다시 으스러졌다고 했다. 다섯 조각으로 다리뼈가 쪼개졌고 왼쪽 골반에 금이 갔다고 했다. 의사는 8주 전에 왔던 나를 기억했다.

"이번에는 더 심각한데요. 또 차 사고인가요?"

"네."

"혹시 이번에도 뺑소니?"

울컥하며 눈물이 터졌다.

"네. 이번에도 뺑소니요."

"……."

"이번에도 하필 뺑소니예요."

"……."

"하필이면 이번마저도 또 뺑소니예요. 젠장!"

유연이와 콩딱이가 들을까 봐 몇 년 동안 욕 한 번 하지 않았던 내가 욕을 내뱉었다.

젠장!

그 욕 한마디가 내가 할 수 있는 최고의 발악이었다.

왜 꼭 나와 같은 이들에게만 이런 일들이 일어나느냐고?

월급을 못 받고 뺑소니를 당하는 불운은 왜 꼭 힘겨운 이들에게만 찾아다니냐고?

몰라도 너무 모르는 소리다.

힘겹게 살기 때문에 찾아오는 일들이다.

우연이 아니라, 불운이 아니라 필연이자 운명이란 말이다. 초라하기에, 보잘것없기에 뺑소니범을 잡지 못했던 것뿐이다.

만약에 시장이나 국회의원, 사회적 덕망이 있는 이들이 뺑소니를 당했다면 어땠을까?

쇄골이 부러졌을 때 경찰이 나에게 했던 말과 똑같이 말할 수 있었을까?

"사고 난 쪽이 신도시라 CCTV가 없어요."라고.

나라고 따져 묻지 않았을까?

"새벽 다섯시에 난 사고였어요. 쇄골이 부러지는 큰 사고라 상대 차도 많이 망가졌을 테고, 주변 일대 CCTV를 찾아보면 되겠지만 그 시간에 흰색 소형차가 얼마나 주변에 많았겠어요."

사회적 위치가 높은 이들이었다면 전담 팀까지 꾸려 주변을 수색했을 것이다. 나도 그래주길 바랐다. 간절하게 경찰을 쳐다봤다. 경찰의 입은 나를 처참하게 배신했다.

"그걸 다 찾아볼 인력이 있지 않아서. 일단은 최선을 다해보겠습니다."

나는 애원할 여력이 없었다. 시효가 만료된 보험이 적용되지 않았기에 당장 돈을 구해야만 했다. 공장을 찾아갔다. 사장을 만났다. 당장 급하니 조금이라도 달라고 사정했다.

"사정이 딱하니 나도 좀 알아볼게. 일단은……"

사장이 지갑에서 수표 석 장을 쥐여줬다. 당연히 받아야 하는 돈이건만 내 허리는 절로 숙여졌다.

"고맙습니다."

"내가 알아보긴 하겠지만 기대는 하지 말고 다른 데도 좀 알아봐. 자네도 요즘 회사 사정 알잖아. 그리고 한 5일만 쉬면 출근은 가능하겠지?"

만약에 내가 그에게 하청을 주는 대기업 직원이었다면 어땠을까?

사장은 내 월급보다 더 많은 돈을 대기업 직원에게 쥐여주고 접대하지 않았을까?

꼭 힘든 사람들에게만 불행이 찾아온다며 감히 쉽게 말하지 말아주길!

힘들기에, 너무 보잘것없이 세상에 태어났기에 세상이 우리에게 불행을 안겨주는 것임을.

우리가 특별하게 복 없이 태어난 존재가 아니라 세상이 우리에게서 빼앗아 간 것임을.

그러니까.

부탁하건대.

우리가 스스로 만든 운명인 것처럼 말하지 말아주기를…….

아내에게는 어느 정도 안정되고 나서야 전화를 걸었다. 무통주사를 맞을까 하다가 관뒀다. 그냥 아내를 보고 유연이를 보고 우리 콩딱이를 본다면 절로 웃을 수 있다는 확신 때문이었다.

신음을 참아내며 전화를 걸었다.

"어디야? 밥해놓고 기다리는데……."

뜬금없이 감정이 폭발했다. 겨우겨우 울음을 목구멍으로 밀어 넣었다. 아무 말 없는 나에게 아내가 재촉했다.

"어딘데 그래? 사고 난 거 아니지?"

아! 왜 하필 사고를 이야기하는 건지. 삼켰던 울음이 무섭게 올라오기 시작했다. 나는 코끝을 찡그리고 심호흡을 했다.

"왜 그래? 진짜 사고 났어?"

아내의 걱정은 언제나 콩딱이에게 영향을 미친다. 아내가 불안해할 때면 콩딱이는 태동을 심하게 했다. 나는 부정의 힘을 이용해 강해지려 애썼다. 다행일까? 점차 심장이 제 박자를 찾았다.

"유연이는 자?"

"말 돌리지 말고 빨리 말해."

아내가 더 불안해했다.

"응. 사고가 좀 나긴 했는데 아주 가벼운 사고라서 괜찮아. 거의 안 다쳤어."

걱정이 터져버린 아내가 절규를 토했다.

"또! 또! 왜 그래! 조심 좀 하지! 왜 또 다치고 그래! 왜 그렇게 조심성이 없어!"

이럴 땐 할 말이 많지 않다. 방심했던, 조심성 없던 잘못을 인정하는 것만이 할 수 있는 대답의 전부였다.

"그러게. 미안. 정말 미안."

기어들어가는 사과에 아내가 화를 누그러뜨렸다. 핸드폰 너

머로 새어 나오는 목소리는 깜깜한 미래를 걱정하고 있었다.

"정말 죽겠다. 너무 화난다."

내일을 근심하게 만든 난 마음을 다해 말했다.

"미안. 정말 미안."

아내가 운다. 흐느낌을 담고 흘러나오는 말이 나도 울려버렸다.

"당신 말고! 당신 말고 당신 다치게 한 사람들…… 정말 밉고 화가 난다."

뺑소니범을 대신해 난 또 말했다.

"미안해."

아내가 침착해지려 심호흡을 하는 모습이 보이지 않아도 훤했다. 이내 차분하고도 슬픈 음성이 전해졌다.

"갈게. 조금만 기다려."

"응."

"아파도 조금만 기다려. 내가 빨리 갈게."

"응."

"조금만 참고 있어. 나랑 유연이랑 콩딱이랑 갈게, 응?"

"응."

"우리 다 같이 갈 테니까, 그러니까 자기야."

아내가 말끝을 흐렸다. 내가 떨림을 참으며 덤덤하게 물었다.

"응?"

"미안해하지 마. 우리 지금 갈게."

아내가 왔다. 웃음이 나왔다. 행복했다. 그리고 미안했다.

다리와 골반이 부서진 것보다 킥보드가 부서져버린 것에 더 신경이 쓰였다.

아내가 유연이를 침대에 올려놓았다. 내가 유연이를 안자 아내가 콩딱이와 함께 나를 안았다.

우리는 그렇게 서로를 안았다.

"수술비는 얼마나 나오나요?"

수술을 받아야 한다는 말에 덜컥 겁이 났다. 몸이 아픈 것보다 돈이 나를 더 두렵게 만들었다. 8주나 쉬었다. 숟가락 하나 들지 못하고 붕대로 쇄골을 칭칭 감아놓은 채 8주나 쉬어야만 했다. 그사이 우리는 엄청난 가난을 겪었다. 여유가 없는 처가와 처형, 우리 형과 어머니께 돈을 빌렸다.

아무것도 하지 않는데, 정말 밥만 먹고 집 안에만 있는데도 돈이 들어갔다. 사고는 우리에게서 모든 걸 앗아 가고 있었다.

의사의 입에서 흘러나온 수술이라는 단어는 우리 가족에게 사형선고와도 같았다.

고작 이틀을 일했다. 다시금 마음을 다잡고 열심히 해서 돈을 갚을 거라 다짐한 지 고작 이틀이 지났다. 겨울철이라 수입이 조금은 나아질 거란 웃음을 지은 지 고작 이틀 만이었다. 아내가 먹고 싶은 음식을 사 갈 수 있다는 풍족한 마음을 가진 지 이틀 만에 벌어진 비극이었다.

괜스레 눈물이 터져 나왔다. 차라리 죽어버렸으면 하는 마음
마저 들었다. 의사는 내 마음을 아는지 머뭇거렸다.

"그건 원무과 직원에게 물어봐야 할 것 같습니다."

다급히 물었다.

"대충이라도요. 대충 얼마나 나오나요?"

내가 의사의 팔을 붙잡았다. 의사는 말을 이어가지 못했다. 아
내가 내 손을 살며시 잡았다.

"괜찮아."

답답한 마음에 나도 모르게 큰 소리가 나왔다.

"뭐가 괜찮아! 수술해야 한다잖아. 또 6개월을 쉬어야 한다잖
아! 그런데 뭐가 괜찮아!"

유연이가 눈물을 터뜨렸다. 내 분노가 미웠다. 아내도 눈물을
훔쳤다. 아내가 유연이를 안고 달래며 내 머리를 쓰다듬었다.

"괜찮아."

내가 흐느끼며 말했다.

"괜찮지 않잖아. 우리 정말 괜찮지 않잖아."

"여보. 괜찮아. 아무렇지 않아."

아내가 의사에게 물었다.

"수술은 바로 하는 건가요?"

의사는 의연하고 대연힌 아내에게 대답했디.

"네. 바로 들어가야 합니다."

아내가 나를 사랑 가득한 눈으로 내려다본다. 눈물이 고여 있

26

지만 또렷하게 나를 바라봤다. 부드러운 손길이 내 당혹스러운 마음을 진정시키고 있었다.

"기다리고 있을 테니까. 수술 잘 받아. 알겠지?"

"어떡하지? 우리……."

"걱정하지 마. 내가 있잖아."

나는 정신이 몽롱해지는 가운데 중얼거렸다.

"정말 어떡하지……."

혼미한 정신을 다잡으려 앞으로의 미래에 신경을 집중시켰다. 복잡 미묘한 좌절은 나를 잠식시키려 했다. 아내는 나를 구원하려 애썼다.

"우리가 있잖아."

"여보……."

여전히 아내의 손길은 내 머리를 친절하게 대했다.

"우리가 함께하잖아. 걱정하지 말자."

"여……보……."

아내의 눈물이 내 볼에 떨어지는 것을 느꼈다. 따뜻했다. 서서히 눈이 감겨왔다. 아내의 마지막 음성이 들려왔다.

"쓰러질 수 없잖아. 우리, 엄마고 아빠인 우리잖아. 우리가 유연이랑 콩딱이 지켜줘야 하잖아. 그러니까 걱정하지 말자. 괜찮아. 우리가 함께 이겨낼 거니까."

1··3
우리

어찌 됐든 그들은 오늘도 함께 누워 잠을 청했다.

집이 아닌 여러 사람이 함께 누워 있는 입원실이라는 것만 달라졌을 뿐이다. 유연 아빠와 유연 엄마, 유연이와 콩딱이는 같은 공간에 누워 푸르른 새벽을 맞이했다.

유연 아빠가 가끔 끙끙거릴 때면 간이침대에 누워 있는 유연 엄마가 일어나 상태를 살폈다. 유연이만이 세상 모든 걸 가진 모습으로 꿈나라에 있었다. 부부는 새벽이 햇살을 머금는 시간까지 잠을 이루지 못하고 있었다.

몇 번의 끙끙거림이었는지 모르지만 참고 참다가 내뱉은 신음이었다. 유연 아빠의 작은 몸부림을 눈치챈 유연 엄마가 몸을 일으켰다.

"괜찮아?"

유연 엄마가 상태를 살폈다.

"아직도 안 잤어?"

유연 아빠는 겨우 버티다 유연 엄마가 잠들었을 거란 확신이 들 때마다 신음을 냈다. 그때마다 보기 좋게 예감은 빗나갔고 유연 엄마가 일어났다.

"자다가 깼어."

어느새 거짓말에 익숙해져버린 유연 엄마.

보고 싶은 것도, 먹고 싶은 것도, 아이를 위해 사고 싶은 것도 능숙한 거짓말로 필요 없다고 말해왔다.

보고 싶은 것이 있으면 재미없을 것 같다는 거짓말을 했다.

먹고 싶은 것이 있으면 만삭이라 체중 관리를 해야 한다며 거짓말을 했다.

아이를 위해 사고 싶은 것이 있으면 어차피 금방 질려 한다며 좀 더 크면 좋은 걸 사주자 거짓말을 했다.

"나 괜찮아. 좀 더 자."

또한 거짓말인 걸 알고 있으면서도 모른 척해야만 하는 유연 아빠.

얼굴에는 빤히 보고 싶어 한다 쓰여 있는데, 빤히 먹고 싶어 한다고 입이 말해주고 있는데, 아이를 위해 꼭 필요한 물건인 걸 이미 다 알고 있는데도 그는 침묵을 지켜냈다.

"무통 주사 맞자. 안 되겠어. 이러다가 한숨도 못 자."

부부는 머릿속으로 통장 잔고를 생각하고 있었다. 공통된 숫자가 머리에 떠올랐다. 다른 점이라면, 유연 엄마는 출산 후 영양제를 맞지 않고 곧바로 퇴원하면 충분히 남편의 몸조리가 가능할 것이라 판단했고 유연 아빠는 무통 주사를 맞지 않고 내일 곧바로 퇴원해서 집에 누워 있는다면 아내가 출산 후 몸조리를 충분히 할 수 있을 거라 생각했다.

"괜찮아. 아파서 끙끙거린 거 아니야. 잠자리가 불편해서 그래."

유연 엄마가 피식 웃었다.

"우리 집 매트보다 병원 침대가 더 푹신한 거 같은데?"

유연 아빠가 멋쩍은 웃음을 지었다.

"그런가? 아! 그래서 불편한가 보다. 난 딱딱한 게 좋거든."

유연이가 깰까 봐 부부는 입을 막고 웃었다.

유연 아빠가 침대 한쪽으로 바짝 붙었다.

"옆에 누워."

"싫어."

"콩딱이 쓰다듬고 싶어. 나한테 등 기대고 어서 누워."

유연 엄마가 마지못해 누웠다. 유연 아빠의 손이 콩딱이를 부드럽게 쓰다듬었다. 그녀는 등으로 전해지는 넓은 가슴의 따뜻함이 참 좋았다.

유연 엄마의 목 뒤에서 유연 아빠의 음성이 전해졌다.

"유연 엄마."

"응?"

"미안해. 진심으로……."

"그런 소리 하지 마."

유연 엄마는 느낄 수 있었다, 유연 아빠의 가슴이 서럽게 울고 있음을. 뒤돌아보지 않으려 애썼다. 창피해할 눈물이란 걸 알기 때문에.

"나랑 결혼한 거 후회하진 않아? 늘 이렇게 힘든데."

유연 엄마가 입술을 깨물었다. 덩달아 눈물이 터져버릴 것 같았다. 의지가 될 뭔가를 찾다가 콩딱이를 쓰다듬는 유연 아빠의 손을 살며시 잡았다.

14K 결혼반지가 만져졌다. 비싼 다이아 반지는 끼지도 않고 고이 모셔두는 거라며 14K를 고집한 유연 엄마다. 어차피 평생 팔아먹지도 못하고 관 뚜껑 달을 때까지 가지고 있어야 하는 걸 왜 그리 비싸게 주고 사느냐며 핀잔을 주던 그녀였다.

덕분에 귀하게 모셔두지 않고 서로 열심히 반지를 끼고 다닐 수 있었던 것 같다. 그래서 서로 의지하고 싶을 때 부딪치는 한 쌍의 결혼반지가 충분히 위안이 되는 것 같았다.

유연 엄마의 눈은 울고 있는데 입은 미소를 머금었다.

"당신을 왜 사랑했는지는 기억이 잘 안 나. 정말 못생기고 돈도 없고 직장도 별로였거든."

서로의 손이 깍지를 끼며 서로를 찾았고 서로를 꽉 안아줬다.

유연 엄마가 말을 이었다.

"정말 그런 당신을 왜 사랑하게 됐는지 도무지 모르겠어. 그런데 말이지. 정말 무슨 이유로 사랑하게 됐는지조차 잘 기억이 안 나는 사랑인데 말이야, 당신을 사랑한 걸 단 한 순간도 후회해본 적은 없어."

유연 아빠가 말했다.

"이유가 없어서일 거야. 특별한 이유가 없는 사랑을 해서일 거야. 그래서 더 욕심이 생겨. 날 사랑한 이유를 만들어주고 싶어. 유연 엄마!"

"응?"

"내가 꼭 행복하게 해줄게."

"응? 다시 말해줘."

"내가 꼭 행복하게 해줄게."

"다시 한번만."

"내가 꼭 행복하게 해줄게."

서로 알고 있었다. 각자의 눈물이 서로의 가슴을 적시고 있다는 것을.

"마지막으로 다시 한번만."

"내가 말이야. 우리 모두 꼭 행복하게 해줄게."

부부의 손이 더욱 센 힘을 전달하며 의지했다. 유연 엄마가 천천히 남편의 손을 입술로 가져갔다. 그의 반지에 입을 맞추고 그녀가 말했다.

"지금 이 순간이 슬퍼야 하는데 말이지, 나 왜 이렇게 행복한 걸까? 당신이 아픈데 말이야. 지금 이렇게 함께 있는 자체가 너무 행복해. 그래도 되겠지?"

유연 아빠가 물었다.

"정말 행복해?"

유연 엄마가 확신에 찬 목소리로 답했다.

"응. 행복해."

2··1
아내

경찰서를 찾았다. 만삭의 몸으로 담당 형사를 찾아갔다. 형사는 예의 있고 정중하게 나를 맞았다. 내 배를 보고 살짝 미소도 보였다. 친절한 모습은 8주 전의 다른 형사와 같았다. 그렇기에 그때 봤던 형사와 비슷한 소리를 할 것도 이미 알고 있었다.

예측은 정확했다. 다른 점이 있다면 아직 미혼인 듯한 젊은 형사는 나에게 인스턴트커피를 건넸다. 8주 전 나이 지긋한 형사는 임신 중인 내 몸을 생각해서 토마토주스를 손에 쥐여줬다.

"찾기는 어려울 테지만 최선을 다하겠습니다."

나는 화도 나지 않았다. 그저 간질하게 애원했다.

"제가 다음 주면 아기를 낳아야 해요. 부탁드릴게요. 꼭 좀 잡아주세요."

"네, 최선을 다할게요. 전동 킥보드가 부서질 정도면 엄청난 충격이었을 거예요. 자동차도 온전하진 않을 것 같아요. 일단 아파트 주차장들 탐문수사를 해보고요. 최대한 아파트 관리실 CCTV를 확보해보겠습니다. 새벽 시간이라 차들이 많이 다니지 않았을 테니 열심히 찾아볼게요."

그렇게 조사는 시작됐다. 나는 전에 조서를 꾸며본 경험을 바탕으로 아침부터 사고 현장을 찾아 정보를 수집했다. 아직 널려 있는 파편들이 얼마나 큰 사고였는지를 알려주고 있었다. 아려오는 가슴을 뒤로하고 핸드폰으로 주변 사진을 찍었다. 8주 전에는 형사의 질문에 아는 정보가 없어 수십 번도 넘게 보기 싫은 남편의 사고 현장을 다녀왔었다. 확실히 전과는 다르게 빨리 조서를 꾸밀 수 있었다.

나는 사고 현장을 다녀온 뒤 남편에게 들었던 사고 경위를 형사에게 자세하게 말해줬다.

"남편이 8주 정도 일을 하지 못했었어요. 그래서 그날은 대리운전을 시작한 지 이틀째 되는 날이었고요. 제가 족발이 먹고 싶다는 걸 눈치챘나 봐요."

사건과 분명 상관은 있지만, 굳이 이야기하지 않아도 될 부분을 이야기하고 있었다. 왜 그랬느냐고 묻고 싶을 것이다. 한풀이와 동시에 동정을 원했다. 경찰에게 적극적인 수사를 요구할 무엇도 없기에 애틋한 마음이라도 전달해서 신속한 수사를 요청하고 싶었다. 형사는 말없이 듣고 있었다. 형사의 손은 자판을 두드리고 있지 않았다.

"먹고 싶은 걸 왜 숨기지 못해서 남편을 서두르게 만들었나 하는 죄책감도 있어요. 내가 아니었더라면 어쩌면 그 사고를 피했을 수도 있을 거라는 생각이 들어요."

눈물이 핑 돌아 커피 잔을 내려다봤다. 종일 굶었던 탓에 당분이 많이 떨어져 있었다. 식기 전에 한 모금 마시고 싶었다. 나는 천천히 입으로 커피를 가져갔다. 달았다. 목으로 넘어가는 커피가 따뜻한 온기를 전했다. 콩딱이에게 살짝 미안한 마음이 들었다. 나도 모르게 콩딱이를 쓰다듬으며 사과를 전했다.

'엄마가 딱 두 모금만 더 마실게. 미안!'

나는 커피를 다시 한 모금 넘기고는 말을 이었다.

"사고가 난 순간은 기억나지 않는대요. 어떤 차였는지도 모르겠다고 하는데, 어쩌죠?"

형사는 친절하게 설명을 해줬다.

"사건 현장을 저희가 다 돌아봤어요. 검은색 차량인 것 같습니다. 킥보드에 묻어 있는 페인트와 주변에 떨어진 차량 파손물들을 저희가 다 수거했어요. 그리고 이거 한 번 보세요."

형사는 컴퓨터를 돌려서 하나의 지도를 보여줬다. 김포시 일대의 교통지도였다.

"이곳, 이곳, 이곳이 방범용 CCTV가 있는 곳인데요. 그 시간대 지나간 차량을 확인해봤는데 검정 차량은 두 대 나오더군요. 경찰들이 찾아가 봤는데 사고 흔적은 전혀 없었고요. 방법은 일대를 전부 수색하는 방법인데 시간이 좀 걸릴 거예요."

사실 직접 경찰서에 올 필요도 없었다. 조금만 시간이 지나면 남편을 찾아가 진술서를 꾸밀 것이 뻔했다. 내가 온다고 한들 8주 전과는 다르게 완전히 정신을 잃었던 남편이기에 무엇도 대신 말해줄 수 없었다.

나는 그냥 사정하러 온 것이다.

빨리 찾아달라고.

꼭 좀 찾아달라고.

반드시 찾아내 우리 가족에게 행한 잔인한 행동을 처벌받게 해달라고.

내 애달픈 마음은 형사에게 전해지지 않았나 보다.

8주 전과 달라진 거라고는 조금 더 젊은 형사라는 사실과 커피를 줬다는 사실뿐. 절망을 주는 이야기는 전혀 달라지지 않았다.

경찰서를 나오는 도중 하늘을 바라봤다. 습관적으로 콩딱이를 쓰다듬으며 버스 정류장으로 향했다. 차가운 바람과는 다른 따뜻한 햇살이 나를 비췄다.

나는 햇살에게 물었다.

"힘들다는데, 그렇게 잡기가 힘든 걸까?"

햇살은 아무 말도 없었다. 나는 고개를 떨궜다. 그림자가 나를 따라 열심히 움직이고 있었다,

이번에는 그림자에게 물었다.

"우리만큼 힘든 사람들도 있을까?"

그림자는 나를 집요하게 쫓아오면서도 아무 답변도 주지 않았다. 버스 정류장에 도착해서 의자에 앉았다. 나 혼자만 버스를 기다리고 있었다. 엄마에게 가볼 요량이었다. 내가 유일하게 부탁할 사람은 엄마밖에 없었다.

찬 바람이 정류장 플라스틱 벽으로 차단되어 등 뒤로 햇살이 강하게 느껴졌다. 동시에 그림자도 정확히 내 정면에 놓였다.

나는 그림자와 햇살에게 동시에 물었다.

"그래도 다행인 거 같아, 그치? 큰 사고인데도 살았으니까."

역시나 아무런 대답이 없다.

"수술도 잘됐으니까."

아무런 대답이 없다.

"빠르면 3개월 만에 생활이 가능하다니까."

아무런 대답도 들려오지 않는다. 웃었다. 그냥 웃었다. 돌아보니 다행인 것들이 많았다. 햇살이 그제야 등 뒤로 따스한 온기를 전하며 화답했다. 그림자도 나를 따라 콩딱이를 어루만지며 화답했다.

"그래도 정말 다행이다!"

엄청난 무언가를 바라고 살아오지 않았다.

누군가처럼 집을 산다거나 비싼 차를 사야겠다는 목표도 없었다.

우리 아이들에게 영어유치원을 보내려고 노력하거나 엘리트 교육을 위해 열을 올리지도 않았다.

꿈도 꾸지 못할 것들이기 때문이다.

우리에게는 집을 사거나 비싼 자동차를 탄다는 건 꿈도 꾸지 못할 일들이다. 영어유치원에 보낸다는 사실 역시도 꿈도 꾸지 못할 일이며, 그렇기에 꿈도 꾸지 못할 것들에 대한 막연한 것들을 쫓아갈 엄두도 나지 않았다.

단지 함께 살아간다는 거.

아침에 함께 눈을 뜨고 살아간다는 거.

같은 공간에서 함께 살아간다는 거.

그것만으로 우리는 족했다.

어디서부터 잘못된 것일까?

그것마저도 너무 큰 꿈이었나?

꿈도 꾸지 못할 것들이었나?

그래서 하느님은 우리에게 벌을 주시는 건가?

그래도 다행이다.

아직은 '함께'라는 실오라기 같은 꿈은 지켜주셔서.

"박 서방 괜찮은 겨?"

엄마가 살고 있는 비좁은 빌라에 도착했다. 날 보자마자 건넨 말은 남편의 안부였다. 무릎이 불편한 칠순의 노인은 높은 언덕 집에서 내려올 엄두를 내지 못했다. 높디높은 이곳에 사는 사람들은 죄다 엄마 같았다.

옆집 할머니도 30년을 살아온 이웃이고 건넛집 할아버지는 몇달 전 응급실에 실려 가 아직까지 소식이 없다고 했다. 엄마는 가끔 이웃들의 장례식 부조를 하는 일이 인생의 전부가 돼버렸기에 건넛집 할아버지의 소식을 매일매일 기다리고 있었다.

엄마는 걱정 어린 눈으로 물었고 나는 침착하고 태연한 모습으로 말했다.

"괜찮아."

만삭인 나에게도 비탈진 엄마 집에 오는 것은 몹시도 힘든 여정이었다. 도착하자마자 작은 거실에 앉아 숨을 돌렸다. 허리가 쑤셔왔다. 엄마는 윙윙거리는 냉장고에서 시원한 물을 내왔다.

"찬 거 말고 따뜻한 거."

"아이고! 내 정신 좀 보게."

엄마는 강했다.

집 밖을 나가는 일에 두려움을 느끼는 엄마였다. 무릎이 시리고 시려서 지레 겁부터 내는 엄마였다. 나이가 들었기에 당연한 고통이라면서 태연하게 받아들이고 스스로 감금을 해버린 엄마였다. 그런 엄마에게 어디에서 힘이 솟아난 걸까? 그토록 아프다는 무릎이 내 이야기 한마디에 쏜살같이 펴지며 가스레인지로 향했다. 통증이 쥐도 새도 모르게 사라졌는지 엄마는 주전자에 물을 올리고 성큼성큼 다가왔다.

"이거 가져가라."

엄마는 바지 안주머니에서 봉투를 꺼냈다. 알고 있었다.

내가 왜 전화를 했는지.

내가 왜 온다고 했는지.

엄마는 진즉에 알고 있었다.

돈을 찾으러 비탈길을 새벽녘부터 내려갔을 것이다. 아픈 무릎은 아랑곳하지 않고 기초수급으로 받은 돈을 은행에 가서 찾았을 것이다. 통장을 탈탈 털어 하얀 봉투에 넣고는 시장에 들러 옥수수 5천 원어치를 샀을 것이다. 내가 온다면 어김없이 엄마는 옥수수를 꺼내 왔고 오늘도 별반 다르지 않았다.

엄마는 돈을 건네고 밥통으로 걸어가 옥수수를 꺼냈다. 투박한 접시에 옥수수를 담아 나에게 가져왔다. 나는 봉투를 손에 쥐고 한참이나 바라봤다. 접시를 내려놓으며 엄마가 곁에 앉았다.

"얼마 되지 않아서……. 그걸로 수술비는 안 되것제?"

내게 말하면서도 눈은 정면을 향해 있었다.

"괜찮아."

"그나저나 뺑소니친 놈은 잡을 수 있는 거여?"

"모르겠어."

"밥은 먹었고?"

"괜찮아."

엄마는 또 벌떡 일어나 주방으로 향했다.

"밥 먹고 가. 후딱 해줄 텐게."

"괜찮아."

"콩딱이가 배고파 할까 봐 그려. 좀만 기다려."

괜히 투정 부리고 싶었다.

"괜찮대두."

살짝 언성이 올라갔다. 엄마는 못 들은 척 말없이 밥상을 차리기 시작했다.

괜찮아.

언제부터인지는 모르겠지만 나는 모든 일을 '괜찮아'라는 말로 묵살하기 시작했다.

힘들어도 괜찮아.

슬퍼도 괜찮아.

아파도 괜찮아.

두려워도 괜찮아.

배고파도 괜찮아.

눈물이 나도 괜찮아.

괜찮아. 괜찮아. 괜찮아.

한데…….

솔직히…….

괜찮은 건 하나도 없었다.

너무 무뎌지고 익숙해져버렸기 때문일 것이다.

괜찮다는 말 이외에 어떤 말을 해야 할지 잊어버렸기 때문일 것이다.

괜찮다는 말이 아닌 다른 말이 입에서 터져버렸을 때의 상황을 피하고 싶어서였을 것이다.

나의 이성은…… 어디로 가버린 걸까?

한술 뜨고 나니 졸음이 쏟아졌다. 저녁이 다가오고 있었다. 밥을 먹고 있을 때 언니한테서 전화가 왔다. 나를 바꾸라고 하더니 엄마 집에 온다며 잠시 기다리라 했다. 나는 벽에 기대고 앉은 채 졸음을 쫓아내며 언니를 기다렸다.

기다림은 오래 걸리지 않았다. 집에서 한참 아래에 자동차를 주차하고 올라와야 하는데도 소화되기도 전에 언니는 엄마 집 문을 두드렸다.

엄마를 대신해 내가 문을 열어주려 했지만, 엄마의 행동이 더 빨랐다.

"앉아 있어. 내가 열 텐게."

엄마가 현관문을 열자마자 언니가 급하게 들어왔다. 고개를 두리번거리더니 나를 찾았다.

"제부는? 수술 잘 했어?"

"응. 좀 쉬면 된대."

언니는 인사 대신 남편의 소식을 묻고는 가방에서 봉투를 꺼냈다.

"이거라도 일단 보태."

"고마워."

단번에 받았다. 미안함 없이 감사하게 받았다. 쑥스럽거나 부끄러움 없이 당당하게 받았다. 언니가 엄마에게 물었다.

"무릎은?"

그제야 난 엄마의 무릎에 대해 지금까지 묻지 않았다는 걸 깨달았다. 엄마의 무릎이 아프다는 것을 알고 있었음에도……. 엄마는 대수롭지 않게 말했다.

"노인네 무릎이 그저 그렇지. 괜찮여."

"허리는?"

"노인네 허리가 어디 가것냐? 괜찮여."

그러고 보니 엄마도 '괜찮아'라는 말이 나처럼 입에 붙어 있었다.

유전자 때문인 걸까?

알 수 있었다. 괜찮지 않다는 걸. 그럼에도 나는 모르는 척 엄마의 괜찮다는 말을 믿어버렸다.

언니가 데려다주겠다고 했다. 엄마가 집 앞까지 마중 나왔다. 엄마가 내 손을 꼭 잡았다.

"애 낳을 때 엄마가 언니랑 갈게. 조심해서 가."

나는 엄마를 멍하니 바라봤다. 말라도 너무 말라버린 엄마. 엄마는 지금 나를 보며 무슨 생각을 하고 있을까?

"엄마, 힘들지? 나 때문에."

"힘들긴 뭐가 힘들어? 난 바라는 거 없고 박 서방이 빨리 나았으면 좋것다. 그려서 니네들 좀 제대로 살았으면 좋것어."

언니가 끼어들었다.

"엄마, 괜히 심란하게 그러지 말고 들어가 계셔. 추워."

"그려, 알것어. 조심해서들 가."

엄마는 들어가겠다면서도 우리가 한참을 내려갈 때까지도 같은 자리에 서서 우리를 바라보고 있었다.

차에 오른 언니가 내 머리를 쓰다듬었다.

"출산이 코앞인데 어쩌니, 내 동생."

난 씁쓸하게 웃었다.

"언니, 나 되게 못됐지? 꼭 나 필요할 때만 엄마랑 언니 찾아오고. 언니도 힘들 텐데."

언니가 차를 출발시켰다.

"못됐지. 아주 못됐지."

언니가 가벼운 농담으로 내 기를 살려주려 했다.

"그렇지. 나 정말 못된 거 같아."

언니가 느긋하게 신호 대기하며 정면을 응시한 채 말했다.

"근데 우리밖에 없잖아."

"응?"

나는 언니를 바라봤다. 언니는 날 볼 용기가 없는 건지 부끄러운 건지 내 시선이 충분히 느껴졌음에도 신호만을 응시했다.

"너한테 엄마랑 나밖에 없잖아. 너 도와줄 사람이라곤 우리밖에 없잖아."

내 얼굴이 벌겋게 변했다. 들켜버렸다. 나에겐 어느 누구도 없다는 걸. 결혼하면서 멀어져버린 친구들은 도움이 되지 못했다. 친척은 먼 나라의 누군가들과 비슷했다. 손을 뻗을 수 있는 곳은 은행과 언니, 엄마밖에 없었다. 은행은 이미 나에게 많은 걸 해줬다. 더 이상의 배려는 없을 거라는 걸 알고 있었다. 유일한 사람은 그 둘뿐이었다.

언니가 정면만 응시하는 이유를 깨달았다. 내 얼굴이 달아오를 걸 알았기 때문이다. 언니는 신호등이 녹색으로 변하자마자 차를 출발시켰다. 나는 언니가 돌아볼 여유가 없음에 안도하며 숨을 내쉬었다. 언니가 말을 이었다.

"어쩔 수 없잖아. 우리가 아니면 누가 널 도와줘. 아무도 없는 거 뻔히 아는데 어떻게 모른 척해?"

나는 푹 고개를 숙였다. 그러자 언니가 더듬더듬 손을 뻗어 내 손을 잡았다.

"괜찮아. 다 괜찮아."

언니도 '괜찮아'라고 말한다. 위로가 되지는 않았다.

분명 위로는 아닌데, 위로로 여기고 싶었다. 정말 괜찮아지고 싶었다.

2··2
남편

일어나 보니 어머니가 와 있었다. 유연이와 놀아주고 있었다. 그리고 곧 무통 주사가 꽂혀 있는 걸 발견했다. 아내가 차마 보고 있을 수 없었나 보다. 결국 자신의 몸조리를 포기한 희생을 나에게 선물했으리라. 어머니는 내가 깨어나자마자 유연이를 안고 곁으로 다가왔다.

"애비 일어났냐?"

내가 몸을 일으키려 하는데 어머니가 만류했다.

"좀 누워 있어라. 의사 양반이 움직이면 안 좋다더라. 당분간은 이러고 있어야 한다네."

"당분간요?"

나는 당혹감을 감추지 못했다. 어머니도 내 마음을 이미 알고 있었다. 입원이 길어질수록 우리 가족은 혹독한 시간을 감내해야 했다. 얼굴이 창백하게 굳었다. 어리고 어린 유연이도 그런 내 표정을 읽었는지 웃음기가 사라져 있었다. 어머니는 나를 안심시키려 했다.

"걱정 마라. 이참에 쇄골 뼈다구도 좀 잘 붙으라고 쉬어라. 병원비는 나랑 네 형이 알아서 해줄라니까."

"어쩌시려고요. 형도 힘들고 어머니도 힘들 텐데."

어머니는 한숨을 억지로 참아냈다. 유연이는 할머니의 품이 편했는지 가만히 말똥말똥 나와 어머니를 번갈아 쳐다봤다. 뭐가 그렇게 재미난 걸까? 도리도리 비슷하게 올려다보고 내려다보며 까르르 웃었다. 어머니가 응답하며 같이 웃어줬다.

"네 형수까지도 이번에는 도와주라고 하더라. 그래도 네가 형제는 잘 둔겨."

"형네도 형편이 좋지 않을 텐데……."

"걔낸 그나마 애들 다 커서 이번에 맞벌이한당게 그냥 고맙게 받아라."

나는 아무 말도 하지 못했다. 어머니는 유연이를 토닥이며 말을 이었다.

"이번에 밭 한 필지 팔았다."

나는 어머니를 다급히 돌아봤다.

"그거 없으면 어머니 농사는 어떻게 지으시려고요."

"늙어서 농사지을 수나 있간디. 잡초만 맨날 자라고 있지. 나

죽기 전에 미리 너한테는 주는 건게 나 죽거들랑 집은 네 형한테 줄 거여, 알것어?"

어머니도 겨우 참고 있는 한숨이 나에게서 흘러나왔다. 밭이라고 해봤자 도로도 나지 않은 절대농지다. 평당 2만 원도 가지 않는 시골 땅이다. 전부 다 팔아봤자 천5백만 원 정도가 나올 것이다. 그건 어머니의 전부였다. 천5백밖에 되지 않는 땅이라고 누군가는 비웃겠지만 어머니가 평생을 일궈온 마지막 자부심이었다. 한평생 자식들을 가르치느라 하나둘 팔아먹은 땅 중 마지막으로 남은 어머니의 흔적이었다.

"어머니, 고맙습니다."

내가 할 수 있는 말은 이것뿐이었다. 나중에 갚아드린다는 말은 차마 하지 못했다. 자신이 없었다. 현재의 나는 아무런 희망을 기대할 수 없었다. 고맙다는 말을 마음 가득 담아 하는 것만이 내가 할 수 있는 최선이었다.

"몸만 건강하면 뭐든 할 수 있는 거여. 언제는 우리가 넉넉하게 살았냐? 그래도 너랑 형 대학 보내고 다 혔잖여. 너네도 새끼 낳고 살고 있잖여. 어찌 되든 몸만 건강하면 살아지는 거여."

어머니의 말 중 한 단어가 나에게 훅 들어왔다. 대학. 우리 형제는 대학을 나왔다. 명문대는 아니지만, 국립대학교를 다니며 중간은 하던 우리였다. 갑자기 억울한 기분이 들었다. 나는 어머니께 물었다.

"어머니, 왜 우릴 대학에 보냈어요?"

어머니가 오히려 황당하다는 듯 되물었다.

"그게 뭔 소리여?"

"우리 대학 안 나왔으면 그래도 밭이 좀 더 남았을 거잖아요. 그때 안 팔았으면 지금은 더 많이 올랐을 거잖아요. 왜 대학을 보냈어요?"

"그래도 공부는 혀야지."

나에게서 원망이 터져 나오자 어머니가 적잖은 당혹감을 보였다. 어머니 곁이라서 그런 걸까? 갑자기 눈물이 나왔다.

"우리 대학 안 갔으면 아버지 뇌출혈로 중환자실에 계셨을 때 조금이라도 더 사실 수 있었을 거 아니에요. 우리 대학 보내느라 땅 다 팔아버려서 돈 없어 돌아가신 거잖아요."

어머니는 아무 대답이 없었다. 유연이는 내 눈물이 희한한지 어리둥절한 표정을 지으며 어머니께 자신의 눈을 짚고, 뭐냐고 행동으로 물어보고 있었다.

"대학을 갔어도 이렇게 살잖아요. 전공 하나 제대로 살리지 못하고, 형은 공장에서 나는 대리운전이나 하면서 살아가잖아요. 고등학교만 나왔어도 할 수 있는 일을 하고 살아가잖아요. 대학만 아니었어도 우리가 이렇게까진 살지 않았을 거잖아요."

내 원망이 짙어지자 어머니의 눈시울도 붉어졌다. 유연이는 알 수 없는 분위기에 적응이 안 되는지 갑자기 어머니 품에서 바둥거리기 시작했다. 어머니가 유연이를 토닥이며 어렵사리 말문을 열었다.

"공부시키면 나보단 잘살 거라고 생각혔었지."

내가 어머니의 눈물에 가만히 시선을 고정했다. 어머니의 입은 미안한 마음을 가득 담아내고 있었다.

"못 배워서 우리가 이렇게 산다고 생각혔었지. 그래서 너희는 그리 살지 말라고 공부시켰던 거여. 그럼 다 잘살 줄 알았지."

내 입술은 굳게 침묵을 지키며 어머니의 말에 집중했다.

"무식해서 우리가 이리 사나 보다 생각혀서 열심히 가르쳤는디 그것도 그게 아닌가 벼. 애비랑 에미가 무식헌 게 자식새끼들이 고생만 하는가 벼. 공부시키지 말고 딴 거 시켰어야 하나 벼."

나는 어머니의 무릎에 손을 가져갔다. 어머니의 한을 나는 차마 알지 못했다. 못난 원통함이 어머니의 가슴을 찢어놓고 있었다는 걸 뒤늦게 깨달았다.

"아니에요. 그건 아닌 거 같아요. 죄송해요, 어머니."

어머니는 급하게 눈물을 훔쳤다. 지난날의 후회가 남긴 상처들을 철저하게 숨겨놓기 위해 아무렇지 않은 듯 유연이를 다정하게 안고는 토닥였다. 어머니가 유연이를 번쩍 안아 들고 일어섰다. 남자보다 거친 어머니의 손이 눈에 확 들어왔다. 뼈마디가 퉁퉁 부어오른 듯 큼직하게 굳어버린 손. 결코 인생을 낭비한 사람의 손이 아니었다. 새벽부터 밤늦게까지 쉬지 않고 달려온 삶의 증거였다.

어머니는 서둘러 입원실에서 나가려 했다.

"유연이 뭐 좀 먹이고 올 텐게 누워 있어라."

나가려는 어머니를 내가 급히 붙잡았다.

"어머니!"

어머니는 내 입이 어떤 잔인한 말을 내뱉을지 몰라 멈칫하면서도 돌아보지 않았다. 나는 다정하게 웃으며 말했다.

"사랑해요. 그리고 존경합니다."

어머니는 끝내 고개를 돌리지 않았다. 그래도 입가에 지은 미소는 느껴졌다. 이젠 두려움이 아닌 쑥스러움으로 고개를 돌리지 못하고 있다는 걸 느꼈다. 어머니가 유연이를 힘차게 끌어안고는 작은 소리로 내게 말했다.

"암만 그려도 말이여, 난 니들이 자랑스럽다. 난 말이여, 너랑 니 형이 죄짓고 살지 않는 것만 봐도 뿌듯허다."

어머니가 서둘러 병실에서 빠져나갔다.

우리가 어렸을 때 어머니와 아버지는 항상 공부를 해야 한다고 말했다. 학교 선생님도 그랬고 친척들도 그랬다. 공부를 잘해야 훌륭한 사람이 된다고 귀에 못이 박이도록 들으며 살아왔다. 공부를 못하면 나중에 큰일이 나는 것처럼 어른들은 이야기했었다.

그래서였을까?

부모님은 우리가 고학년이 될수록 더 늦은 시간까지 일을 하고 들어와야 했다. 어렸을 때는 농사일을 줄곧 돕고는 했는데 학년이 올라갈수록 부모님은 우리에게 책상에 앉아 있을 것을 강요했다. 그뿐만이 아니었다. 나와 형은 부모님이 자는 모습을 거의 본 적이 없었다. 내가 고2 그리고 형이 고3이 되자 부모님은 언제나 깨어 있었다. 새벽에 일을 나갔다가 밤늦게 들어와서는 늦은 저녁을 먹었다. 좁디좁은 방 안에서 형과 나는 책상에 앉아 공부를 하고 어머니는 바느질을 했으며 아버지는 소여물을 챙기고 소 우리를 청소했다. 우리가 잠을 청하려 누웠을 때 어머니는 새벽일을 나가기 전 아침을 차리셨고 아버지는 농기계를 손질하셨다.

갑자기 궁금해졌다.

어머니와 아버지는…… 언제 주무셨던 것일까?

혹시 나와 같았을까?

아침에 일을 나가 다음 날 새벽까지 대리운전을 뛰고 집에 들어오면 해가 밝아온다. 또다시 출근을 하고 짬짬이 쉬는 시간에 쪽잠을 잤다. 힘들지 않았다. 아니, 오히려 미안했다. 죽어라 일해도 나아지지 않는 생활을 하면서 나는 항상 미안함을 안고 살아야 했다. 그랬기에 유연이와 콩딱이에게 더욱더 많은 기대를 걸었다. 나처럼 살지 말라고, 나처럼 살지 않기를 바라며 피곤덩이인 몸의 호소를 무시하면서 하루하루를 열심히 살아왔다.

우리 부모님도 그랬던 것일까?

묻고 싶었다. 돌아가신 아버지에게, 유연이를 안고 나간 어머니에게.

솟구쳐 올라오는 이 물음이 상처로 남겨질 것을 알고 있었다.

미안함으로, 서글픔으로 다가올 것을 알기에 마지못해 삼켜버
렸다.

아마도 평생 동안 물어보지 못할 질문인 것 같다.

어머니는 한참 동안 돌아오지 않았다. 나는 경찰서에 전화를
걸었다. 담당 형사는 아내가 왔다 갔다는 말만 전할 뿐 좋은 소
식은 전혀 없는 듯 다른 말은 하지 않았다. 나는 전화를 끊고 아
내에게 전화를 걸었다. 어머니가 왔다는 말을 전하며 병원비 걱
정은 하지 말라고 이야기해주고 싶었다. 아내는 재빨리 전화를
받았다.

"어디야?"

"언니랑 가고 있어."

아내가 왜 언니랑 오고 있는지 짐작이 갔다. 아마도 장모님을
찾아갔을 것이다. 장모님 댁으로 처형이 왔을 테고 돈 이야기를
했을 것이다. 하얀 봉투에 담긴 돈을 받아 든 만삭인 아내를 차
마 그냥 보내지 못해 함께 오고 있을 것이다.

"병원비, 어머니랑 형이 해준대. 걱정하지 마."

나는 처형에게도 소식을 전하라는 듯 자신 있게 말했다. 아내
는 큰 반응 없이 받아들였다, "잘됐네"라고. 나 역시 예상했던 반
응이었다. 쇄골이 부러졌을 때 이미 도움받았던 터라 반가운 일
만은 아니었을 테니까.

몇주 전 아내는 처음으로 나에게 아픈 이야기를 꺼냈었다. 쇄

골이 잘 붙고 있는지 병원에서 확인하고 돌아오는 길이었다. 늦은 밤 집으로 걸어가는 길이었다. 어머니와 장모님이 주신 돈으로 병원비를 해결하고 미안한 마음에 한 시간가량 서로 말없이 걷던 무렵 아내는 어렵게 말문을 열었다.

"콩딱이 괜히 가졌나?"

심장이 무너져내릴 것 같았다. 아파오고 화가 났지만 차마 큰 소리를 낼 수 없었다. 아내의 마음이 이해를 넘어 무거운 공감으로 전해졌기 때문이다. 내가 고작 할 수 있는 일은 작은 목소리로 아내를 탓하는 말뿐이었다.

"그게 무슨 소리야?"

"나도 맞벌이했었으면……."

"콩딱이가 들으면 어쩌려고."

"그렇잖아. 맞벌이했었으면……."

"아니야. 그런 생각 하지 마."

"나라도 벌고 있어야 했는데."

"아니야. 그런 소리 하지 마."

비참했다. 새로운 생명의 탄생이 미안함과 부담으로 다가와야 하는 현실이 너무 서러웠다. 나에게 최고의 선물을 안겨주기에 고마움만을 느껴야 하는 아내가 미안해한다는 사실이 무척이나 힘들고 미안했다.

우리는 그렇게 한동안 또 말없이 걸었다. 나는 아내에게, 아내는 나에게 말도 안 되는 미안한 마음을 전하면서.

아내는 짧은 통화를 끝내면서 나에게 가슴이 갈가리 찢어지는 말을 남겼다.

"어머니께 감사하다고 전해줘. 그리고 죄송하다는 말도. 이따 내가 직접 뵙고 감사 인사드릴 거라고도 꼭 말씀드리고."

임신. 그게 왜 죄송해야 하는 걸까? 아내가 도대체 왜 고개를 숙여야 하는 걸까?

"형편이 어려운데 애를 왜 낳고 그래? 계획적으로 낳아야지. 맞벌이하면서 순차적으로."

결혼하지 않은 사람들은 섣부른 의견을 내놓는다.

어려운 상황에서 애를 왜 낳느냐고? 우리라고 힘들게만 살 줄 알았을까? 결혼 전보다 수십 배는 더 열심히 살아가는 우리가 마냥 힘들 거라는 걸 생각이나 해봤을까?

좀 더 나아질 거라는 기대. 계속 열심히 살아간다면 곧 대출도 갚을 테고 어느 정도 여유가 생길 거라는 기대를 가진 것이 과연 잘못한 것이라 말할 수 있을까?

처음부터 이런 시련이 닥쳐왔다면 우리라고 다른 계획을 세우지 않았을까?

내가 조금이라도 더 벌 수 있을 때 낳아야 한다는 계획을 세웠다. 아기를 낳으면 적어도 1년은 이내가 일을 할 수 없으니 내가 조금이라도 젊을 때, 두세 가지 일을 할 수 있는 체력이 될 때 낳아야 한다고 여겼다.

콩딱이를 가질 때까지만 해도 그랬다. '둘째를 낳을 형편은 된다. 딱 2년 동안 나 혼자 벌어도 대출은 충분히 갚을 수 있다. 독박 육아를 해야 하는 아내에겐 미안하지만 조금만 더 버텨준다면 2년 안에 대출을 갚고, 함께 3년만 더 일해서 작은 가게라도 차린다면 우린 행복한 가정을 만들 수 있다.'

'그때쯤이면 작은 임대아파트에라도 들어갈 수 있을 것이고 우린 그저 열심히 살아가기만 하면 충분히 남들처럼 살아갈 수 있다.'

우리라고 다른 사람들처럼 계획을 세우지 않았을까?

계획이 엇나갔다고 해서, 우리 가족이 비난받을 이유는 무엇일까?

소중한 생명을 두고 마치 평론가처럼 우리 가족을 판단하는 이들이 오히려 비난받아야 하는 것은 아닐까?

소중한 생명을 품고 있는 아내가 왜 죄인이 되어야 하지?

그 생명을 지키려고 한 우리 가족이 왜 누군가의 판단에 부끄러워져야 하는 거지?

나는 아내를 죄인으로 만들고 우리 가족을 부끄럽게 만들어버리는 사람들이 미웠다.

어머니가 어느새 잠들어버린 유연이를 안고 들어왔다. 어머니의 한 손에는 음료수가 들려 있었다. 날 주기 위한 것인 줄 알았는데 어머니는 끝내 음료수를 건네지 않았다. 어머니가 말을 하고 나서야 음료수가 누구 것인 줄 알 수 있었다.

"유연 엄마 언제 온다냐?"

"지금 온대요. 처형이랑 같이요."

"아이고! 처형 것도 사 와야 쓰것네."

어머니가 서둘러 유연이를 간이침대에 눕혀놓고 입원실을 빠져나갔다. 방문이 닫히려는 순간이었다. 어머니가 다시 뒤돌아 입원실로 들어와 나에게 다가왔다.

"유연 엄마 있잖여."

"네."

"처형이랑 같이 집에 가라고 혀. 내가 여기 있을 텐게. 내가 말하면 아무래도 부담스러워할 거 아니여."

"괜찮으시겠어요?"

"암만 혀도 낼모레 애 낳는 며느리보단 내가 더 낫지 않것냐. 여기 있는 거 얼마나 불편하것어. 유연이도 힘들고. 내가 좀 늦게 들어올 텐게 유연 엄마 오믄 꼭 말혀, 알것제?"

나는 고개를 끄덕였다. 어머니는 처형과 아내가 올까 봐 급히 나가려 했다. 걸음을 빨리하고 나가려는데 어머니가 다시 되돌아 다가왔다.

"유연 엄마가 혹시나 콩딱이 임신혀서 미안해하고 그러면 말이여. 절대 그러지 말라고 혀."

어머니는 알고 있었다, 아내의 힘겨움을. 나도 모르게 입을 열고 물었다.

"어떻게 아셨어요?"

"살다 보니 그렇더라고."

어머니의 알아듣기 힘든 대답에 내가 "네?"라고 다시 물었다. 어머니가 잠시 침대 한 켠에 앉아 친절하게 과거 이야기를 꺼내 줬다.

"너랑 형이랑 겨우 한 살 차이 아니냐."

"네."

"연년생이라 나두 2년 동안 니 아버지 하나도 못 도와줬었어. 시어머니도 있는 가운데 그게 얼매나 눈치가 보이던지. 당연히 아기 돌보고 몸조리혀야 하는 건디도 먹고살기가 힘겨운 게 그게 영 아니더라고. 니 할머니가 좀 착했냐? 다른 시어머니들하고는 완전 다르게 얼매나 나를 챙겨줬냐. 근디도 희한허게 눈치를 보게 되고 맴이 맴이 아니더라고."

처음 듣는 소리였다. 모든 엄마의 공통점이라고 감히 말해도 되는 것일까? 당연한 걸 당연하게 받아들이지 못하는 엄마들이라…… 나는 전혀 이해가 가지 않았다.

어머니는 아내가 올까 봐 빠르게 말을 이었다.

"유연 에미도 그럴 거 아녀. 난 저번에 너 다쳤을 때 확 느껴지더라. 니 형한테 돈 빌리고 혔을 때도 죄송하다고 혔다더라. 너도 참 그려. 니가 형한티 진즉에 전화를 하지 왜 니 안사람을 시켜서 그려."

"아내가 전화했었대요?"

나도 모르는 사실이었다. 아내의 부담감. 그건 내가 상상할 수 없었던 범위였다. 어머니는 답답한 듯 말했다.

"막말로다가 유연 엄마가 뭘 잘못했냐? 왜 죄송하다는 말을 혀야 허냐? 니 새끼 가진 게 죄냐? 애 잘 키우고 잘 돌보는 게 죄여? 엄마가 할 도리는 죄다 하고 있잖여. 오히려 나랑 니 형이 유연 에미헌티 민망해해도 모자랄 판에……."

나는 차분하게 어머니의 이야기를 들었다. 어머니는 옛 기억이 떠오르는지 가냘픈 한숨을 내쉬었다.

"미안해하지도 말고 그냥 몸조리나 잘하고 있으라고 혀. 내가 유연 에미헌티 말하는 것보단 니가 말하는 게 더 나은 거여. 긍게 오면 꼭 잘 말혀라. 에미 나가 있을 텐게."

말을 끝낸 어머니는 쫓기듯 입원실을 빠져나갔다.

2··3
우리

시어머니를 한사코 보낸 유연 엄마. 고집을 꺾지 않는 그녀에게 두손 든 시어머니가 마지못해 입원실에서 발걸음을 돌렸다.

처형까지 가고 난 자리에는 유연 엄마와 유연 아빠만이 남았다. 유연이를 당분간 처형에게 맡기기로 했다. 오랜만에 두 사람만 남아 서로를 바라보고 있었다. 간혹 유연 아빠가 목이 말라 할 때면 물을 가져다주는 일을 제외하고는 서로를 바라보는 것에 소홀하지 않았다. 때론 미안한 눈으로, 때론 안타까운 눈으로, 때론 위로하는 눈으로 바라보기만 했다. 가끔 찾아드는 고통으로 유연 아빠의 표정이 일그러질 때면 유연 엄마의 손이 재빨리 그의 손을 잡아줄 뿐이었다.

얼마의 시간이 흘렀을까? 유연 엄마가 먼저 입을 열었다. 해가 지고 땅거미가 지나간 후 별빛 가득한 밤하늘과 달빛이 은은하게 병실을 비추고 있을 때였다. 함께 병실을 쓰는 사람들이 하나둘 잠에 빠지고 마지막으로 남은 환자가 TV를 끄고 이불을 뒤집어썼다. 적막만이 흐르는 시간이 찾아왔다. 유연 엄마의 입은 천천히 다른 사람들에게 방해되지 않는 낮은 목소리를 전해왔다.

"우린 그렇게 힘들지 않았는데……."

유연 아빠는 말없이 가만히 듣고만 있었다. 입을 여는 것을 대신해 천천히 몸을 일으키려 했다. 유연 엄마의 손이 가만히 그의 가슴을 누르며 누워 있으라 명령했다. 이내 포기한 그가 그녀의 무언의 명령을 따르며 얌전히 다음 말을 기다렸다.

"그렇게 가난하다고 생각하지도 않았는데."

"……."

"사람들은 우리에게 왜 그런 거라 강요하고 받아들이라 말하는 걸까?"

"……."

"난 단 한 번도 우리 유연이나 콩딱이 때문에 힘들거나 어렵다고 느껴본 적이 없는데……."

유연 아빠의 입이 천천히 열렸다.

"나도."

이번에는 유연 엄마의 입술이 닫혔다. 동질감의 표현이 서러움을 진정시켰다. 유연 아빠의 마음도 자신과 다르지 않음을 다행이라 여겼다. 고마웠다. 혼자가 아니란 생각에 괜스레 마음에 감동이 왔다. 짠한 간지러움이 목 주위를 괴롭혔다.

"나도 그랬어. 오히려 유연이와 콩딱이 때문에 더 잘 살아야 겠다는 다짐을 했거든. 더 많이 벌고 더 많이 일하고 더 많이 노력해야겠다고 맹세하고 맹세했거든."

"⋯⋯."

"어려운데 왜 아기까지 낳느냐는 말이 전혀 와닿지 않았어. 내겐 희망이니까. 내겐 기적을 가져올 소중한 가족이니까. 우리 가족이 아니었다면 진작 포기하고 참지 말아야 할 일들까지 견딜 수 있는 강한 내가 됐으니까."

유연 아빠가 살짝 미소를 보였다. 유연 엄마의 입술도 살며시 올라갔다. 둘의 웃음은 같은 마음임을 보여주고 있었다. 그의 이야기는 계속 이어졌다.

"당신 힘들었어? 다른 사람들이 말하는 것처럼?"

유연 아빠는 유연 엄마가 말한 이야기들에 대한 확답을 원했다. 그녀는 계속 웃음 지으며, 꺼낸 말에 대해 흔들리지 않는 확신을 안겼다.

"아니."

"그럼 우리가 사람들이 말하는 것처럼 가난하다고 생각해?"

유연 엄마가 웃음을 유지한 채 고개를 절레절레 흔들었다.

"아니."

"우리가 현실성이 떨어진다고 여겨?"

유연 엄마는 웃음을 유지한 채 단호하게 말했다.

"아니. 우린 강요당했을 뿐이야. 많은 사람이 생각하는 기준에 미달한다는, 다수의 의견 속에 우린……."

유연 아빠가 유연 엄마의 손을 천천히 자신의 입술로 가져갔다. 그녀의 손에 살며시 입을 맞췄다. 그녀의 손은 그의 숨과 입술을 느끼며 미동도 하지 않았다.

"다른 사람들 말처럼 우리 유연이와 콩딱이는 짐이 아니야."

유연 엄마가 동조했다.

"만족하고 감사하는 지금이 누군가의 말처럼 힘든 시간이라 생각하지 말자."

유연 아빠가 고개를 끄덕였다. 굳은 다짐을 유연 엄마에게 전했다.

"조금만 참아줄래?"

유연 엄마가 천천히 유연 아빠의 입술에 닿아 있던 손을 그의 머리로 가져갔다.

"열심히 살다 보면 분명 어려운 거 다 이겨낼 거야."

유연 아빠가 자신의 머리를 쓰다듬는 유연 엄마의 손을 다시 잡았다. 손은 서로에게 강한 힘을 전달했다. 살짝 떨리는 목소리가 그에게서 흘러나왔다.

"그게 아니라, 사람들의 억울한 편견 말이야."

"……."

"사람들이 우리를 바라보며 하는 판단들 말이야."

"······."

"조금만 참아줘. 내가 그런 사람들에게 꼭 보여줄게. 우린 가난하지도 않고 아이들 때문에 힘들지도 않다는 걸."

유연 엄마의 코끝이 찡해졌다. 얼마나 억울했을까? 정말 아닌데, 정말 다른 시선들이 느끼는 그런 슬픔 따위는 없는데, 정말 충분히 만족하고 살아가는데. 차마 타인의 이야기에 대꾸하지 못했다.

유연 아빠의 분통 터지는 원통함이 느껴졌다.

그랬을 것이다. 아니라고 외쳐봤자 가난한 자들의 변명으로만 들렸을 것이다. 그랬을 것이다. 아이 때문에 더 큰 힘을 얻는다고 외쳐봤자 아이들의 미래는 생각지도 않는 무책임한 부모로만 보였을 것이다. 아닌데, 그게 아닌데······.

유연 엄마가 유연 아빠의 가슴에 얼굴을 가져갔다. 콩딱이가 눌리지 않도록 조심조심 허리를 숙였다. 여전히 손은 서로를 놓지 않고 있었다.

유연 엄마가 유연 아빠의 심장에 대고 속삭였다.

"안 참았어. 단 한 번도 참아본 적 없어. 쌓이지도 않았고 아프지도 않았어."

"······."

"늘 위로해줬으니까. 당신이, 유연이가, 콩딱이가. 그래서야. 참을 뭔가도 없었어. 누가 뭐라 해도 난 그랬어."

유연 아빠의 심장이 요동치기 시작했다. 유연 엄마는 충분히 심장의 움직임을 느끼고 있었다. 잠시 침묵을 지켰다. 심장이 서러웠던 것들을 잠재울 때까지 가만히 기다렸다. 이내 심장 소리가 점차 작아져갔다. 울컥하는 뭔가를 진정시키고 덤덤하게 모든 걸 받아들일 준비가 되었다고 신호를 보내왔다. 그녀의 입이 심장에게 위로를 건넸다.

"자기최면이라고 말해도 상관없어. 깨어나지 않으면 그만이니까."

감당하기 어려웠던 탓일까? 아니면 엄청난 용기를 부여했기 때문일까?

이유는 모르지만, 심장은 다시 힘차게 뛰며 유연 엄마에게 뭔가를 말하려 했다.

3‥1
아내

출산예정일에 맞춰 산부인과를 찾았다. 밤새 초조했다. 갑자기 남편도 없이 양수가 터져버리면 어쩌나 걱정에 걱정이 쌓여갔다. 다행이었다. 양수는 아직 터지지 않았고 여전히 콩딱이는 배 속에서 태동을 하며 세상에 나오길 거부하고 있었다. 양수가 터져도, 배 속에서 놀고만 있어도 걱정이 앞서는 건 매한가지였다. 이른 아침 남편을 시어머니께 부탁하고는 산부인과로 발걸음을 향했다. 어머니는 나를 마중하며 걱정 어린 눈으로 바라봤다.

"오늘 아니냐?"

난 남산만 한 배를 쓰다듬으며 시어머니를 안심시켰다.

"효도하려나 봐요. 아빠 간호 잘하라고."

"그려도 아기가 답답할 텐디."

"걱정 마세요. 병원 갔다가 바로 연락드릴게요."

"그려."

어머니가 바지 주머니에서 꼬깃꼬깃 단단하게 접어놓은 만 원짜리 몇 장을 꺼냈다. 아마 내게 주려고 준비하신 모양이었다.

"택시 타고 가라."

"어머니도 힘드신데. 괜찮아요."

내가 살짝 어머니의 손을 밀었다. 어머니는 지지 않고 내 손을 꼭 잡으며 힘껏 돈을 쥐여줬다.

"받어. 버스 타믄 아기 멀미할 거 같아서 그려."

내 손에 힘이 들어갈 때까지 어머니는 손의 힘을 풀지 않으셨다. 마지못해 손에 힘을 줬다. 그제야 어머니가 미련 없이 돌아섰다. 약속대로 난 택시를 타고 산부인과를 찾았다. 고마움보단 미안한 마음이 나와 함께 택시에 올랐다.

어머니께 묻고 싶었다.

—다 큰 자식이 걱정되시나요?

하지만 물을 수 없었다. 정말 궁금했지만 나는 물어볼 수 없었다. 그냥 궁금했다. 남편에게 이야기를 들었을 때 어머니는 자식들한테 그다지 관심을 두지 않았다고 했다. 그저 일에만 몰두했고 숙세를 검사하거나 공부를 했는지에만 관여를 했다고 했다. 자식들이 뭘 원하고 어떤 것들에 관심을 두고 있는지는 전혀 신경 쓰지 않는 분이었다고 섭섭함을 드러냈었다.

어쩌면 먹고사는 문제가 더 컸을 것이다. 우리처럼, 아이들과 놀아주는 시간보다는 어떻게 해서든 빚을 갚아야 하는 나날이 더 중요했을 것이다. 어떻게 해서든 학비를 마련해야 했으며 어떻게 해서든 가족과 살아야 했을 테니까.

여행을 꿈꾸는 아이들의 소원을 모르지 않았을 것이다. 지금을 벗어나기 위해 미래에 투자한다는 이유로 죄의식을 덜어냈을 것이다. 나와 남편이 가족의 보금자리 마련이란 명분으로 대출 갚는 것을 1순위로 두는 것처럼 말이다. 유연이가 가지고 싶은 장난감을 보고 자리를 떠나지 못하는 걸 볼 때 "한때야. 어차피 며칠 가지고 놀다가 싫증 내"라며 돌아서는 것처럼 말이다. 어린이집 친구들이 여행 갔다 온 사진을 보며 부러워하는데도 "어릴 때 가봤자 기억도 못 해. 나중에 커서 기억할 나이가 되면 가자"라는 말로 정당화시켰던 우리처럼 말이다.

세상이 변했다고? 예전보다 살 만한 세상이 됐다고?

아니, 갚아야 할 빚의 이름이 담보대출이란 이름으로 바뀌었을 뿐이다. 시골이 도시로 변하며 안전지대가 사라졌기에 어린이집이 늘어났을 뿐이다.

그 시절보다 더 많은 돈을 벌 수 있기에 그런 건 핑계라고?

그 시절 논과 밭에 널렸던 먹거리가 이젠 수십 배의 몸값을 자랑한다. 땅과 집은 부동산이란 이름으로 탈바꿈하여 천정부지로 솟아올랐다. 흔하디흔했던 모든 것들에 가격이라는 것이 붙여졌다.

생각해보니 여전히 달라지지 않은 것들이 있긴 했다.

우리는 여전히 집을 필요로 하고 교육을 필요로 하며 먹고살 문제를 고민한다.

이런저런 생각을 하다 보니 어머니에게 더 묻고 싶었다, 나와 같은 마음이었는지.

'다 큰 자식인데 걱정이 되시나요? 어린 시절에 진작 걱정해주시고 물어보시지 않았던 이유는 뭔가요?'

어머니의 음성이 들려오는 듯하다. 나는 콩딱이를 내려다봤다.

'죽어라 내가 벌어다 놓으믄 걱정 없이 살 수 있는 거잖여. 새끼들 크믄, 형편이 나아지고 걱정할 일이 없을 줄 알았지. 그래서 그냥 모른 척 죽어라 벌기만 혔었지. 근디 걱정이란 놈은 죽어라 곁을 떠나지 않네그려.'

콩딱이를 쓰다듬으며 나도 모르게 중얼거렸다.

"변하지 않나 보다. 세상은, 그리고 부모는."

"유도분만 하시는 편이 좋을 듯합니다."

의사의 말이 잔인하게 들려왔다. 유도분만이라. 아직 남편이 병원에 있는데, 아직은 세상에 나올 아기에게 모든 걸 쏟아줄 수 없는데 의사는 자꾸 재촉하고 있었다. 나는 두 손을 매만지며 의사를 가민히 바라봤다.

"조금만 더, 아기가 원할 때 나오면 위험한가요?"

의사는 날 의아하게 바라봤다. 다시 한번 의사가 나의 죄를 용서하길 바라며 고해를 이어갔다.

"제가 당장은 낳을 수 없어서요."

"아기는 당장이라도 나올 수 있어요. 언제 양수가 터질지는 아기가 선택하는 겁니다."

의사는 내 사연을 궁금해했지만 끝내 물어보지 않았다. 차라리 물어보지. 한없이 콩딱이가 기다려줘야 하는 이유를 풀어내고 싶은데…….

바람은 바람일 뿐이었다. 의사는 오히려 내 말을 기다리고 있었다. 나는 그저 두루뭉술한 이야기로 콩딱이에게 속마음을 전할 수밖에 없었다.

"그러니까요. 닥치면 낳겠죠. 미안한 마음 없이, 어쩔 수 없었다는 이유로 낳을 수 있을 것 같아요."

콩딱이에게는 다른 말을 전했다.

'콩딱아. 아빠가 콩딱이 나오는 모습을 보지 못한다면 미안해할 거야. 엄마도 아빠 없이 홀로 콩딱이를 낳는 게 두렵기도 해. 미안해. 조금만 더 버텨줄래?'

수수께끼 같은 말에 의사가 잠시 멍하니 있었다. 의사는 정신을 차리고 차트 보는 시늉을 했다. 내 간절한 눈이 콩딱이를 내려다보고 있다는 걸 인지하고는 회피한 듯했다.

"뭐…… 일주일에서 보름 정도는 괜찮기도 한데요. 아기가 너무 커지면 안 되니 탄수화물 섭취 주의하세요."

천천히 일어서며 인사를 전했다.

"감사합니다."

의사는 고개를 살짝 숙여 보였다. 내가 발걸음을 옮기려 돌아서자 따뜻한 음성이 뒤에서 전해졌다.

"언제든 양수 터질 수 있으니 조심하시고요."

나는 억지웃음을 보이며 대답했다.

"네."

문을 열고 나오니 나와 같은 산모들이 눈에 많이 띄었다. 모두 다른 걱정 없이 아기만을 위해 병원에 온 것 같았다. 그런 산모들의 모습이, 콩딱이의 출산을 미루는 날 한없이 미안하게 만들었다.

산모들 하나하나에게 다가가 묻고 싶었다.

—요즘 어떠세요? 살 만하신가요?

어머니의 말씀 잘 듣는 착한 며느리가 되기 위해 택시를 잡으려 인도에 서 있었다. 건너편 인도에서 한 중년 남성이 세찬 바람에 목도리를 부여잡고 뛰어가는 모습이 보였다. 그에게 묻고 싶었다.

—요즘 어떠세요? 살 만하신가요?

옆으로 검은색 롱 패딩을 입은 아주머니가 귤을 한 봉지 사 들고 총총걸음으로 지나가고 있었다. 묻고 싶었다.

—요즘 어떠세요? 살 만하신가요?

인도에 멍하니 서 있는데 중형 승용차가 멈춰 섰다. 나와 같은 병원을 다니는 산모가 건물에서 나와 곧장 차에 올랐다. 묻고 싶었다.

—요즘 어떠세요? 살 만하신가요?

때마침 택시가 와서 손을 들어 택시를 잡았다. 택시는 천천히 정차했고 나는 조심조심 택시에 올랐다. 남편에게 돌아가기 위해 목적지를 말하고 나니 침묵이 이어졌다. 나이 지긋한 기사는 백미러로 내 배를 보더니 두 손으로 핸들을 잡았다. 노란불에도 급하게 신호를 가로질러 가지 않았다. 여유 있게 미리 브레이크를 밟으며 뒤차가 조심하도록 비상등을 켜며 정차했다. 가만히 운전대를 잡고는 빨간색 신호등을 바라보며 친절한 목소리로 물었다.

"곧 아기 나오겠네요. 우리 며느리도 조만간 출산할 텐데 첫 손주라 걱정이 많네요."

동병상련의 여자가 가족이라는 말에 내가 친근하게 물었다.

"예정일이 언젠데요?"

"다음 주라고 했었는데."

"비슷하네요."

"근처 사시나 봐요?"

"네."

"근데 병원은 무슨 일로 가세요? 거긴 산부인과가 없는 거로 아는데."

나는 잠시 머뭇거리며 말하려다 침묵했다. 택시 기사는 도가 넘은 질문이라는 걸 깨달았는지 대답 듣기를 단념하고 머리를 긁적였다. 때마침 모든 분위기를 깨워줄 파란불이 켜졌다. 조용한 택시 안의 어색함이 타이어 마찰음에 의해 한결 가벼워졌다. 즐비했던 회색 건물들이 잠시 사라졌다. 곧이어 허허벌판이 펼쳐졌고 새로운 도시로 이동함을 알려주었다. 작은 산들과 넓고 공허한 공간이 뒤섞인 도로는 내게 약간의 여유를 안겨줬다. 나는 조용하게 택시 기사에게 물었다.

"저……, 기사님."

기사의 부드러운 음성이 즉각 전해졌다.

"네?"

"요즘 어떠세요?"

상냥하면서도 의아하다는 물음이 전해왔다.

"네?"

아차 싶었지만 난 꿋꿋하게 물었다.

"날도 추운데 운전할 만하신가 해서요."

"저야 뭐, 차 안에만 있으니 상관없는데 눈 오면 죽을 맛이죠."

조금 더 적극적으로 물었다.

"며느리분은 어때요?"

역시나 상냥하게 기사는 되물었다.

"뭐가요?"

"아드님이랑 며느님은 살 만하신가요?"

좁은 2차선 공허한 도로를 시원하게 가로지르던 택시가 또다시 빨간불에 맞춰 슬금슬금 멈춰 섰다. 이번에도 비상등을 켜는 배려를 잊지 않았다.

기사가 허탈한 웃음으로 말했다.

"살 만하긴요. 자식 놈도 힘들게 밤까지 일하고 들어오죠."

힘들다는 말이 반갑게 느껴졌다. 나만 힘든 게 아니라는 무언의 동질감이 이상하게도 힘이 됐다. 기사의 입은 답답한 심정을 토로하기 시작했다.

"요즘 경제도 엉망이고 자영업자들도 다 죽어나잖아요. 우리도 오히려 10년 전이 더 잘 벌렸어요."

예전 같았으면 따분하고 불편할 이야기들이었다. 택시에 오르면 말 없는 고요함이 더욱 편안했다. 그런데 오늘만큼은 아니었다. 불평불만 가득한 이야기들이 듣고 싶었다. 기사가 하는 말이 지루하거나 짜증 나지 않았다.

"젊은 사람들은 더 힘들지 않겠어요? 나야 그 당시 택시 면허라도 쉽게 딸 수 있었지만, 요즘은 그것도 힘들잖아요."

기사의 한탄이 늘어날수록 내 마음이 가벼워졌다. 택시가 병원에 도착할 때까지 기사의 한숨은 날 다독였다. 병원 입구에서 돈을 건넸다. 잔돈을 주는 순간까지도 기사는 세상을 욕하고 비난했다. 돈을 건네받고 내리며 나는 방긋 웃었다.

"고맙습니다."

기사도 웃음을 보였다.

"순산하세요."

"네, 고맙습니다."

문을 닫자마자 택시가 곧장 출발했다. 멀어져가는 택시를 보며 나도 모르게 중얼거렸다.

"똑같네, 사람 사는 거."

3··2
남편

"어디 가려고 그려?"

목발을 짚고 일어나는 나를 어머니가 보더니 황급히 말렸다. 아내가 없는 틈을 타 잠시 나갔다 오기 위해 몸을 움직이려는 찰나에 어머니가 들어왔다.

"같이 안 나가셨어요?"

"에미가 혼자 간다고 너 간호하고 있으라 혔어."

"같이 가주시지."

어머니는 내 핀잔이 들리지 않는 듯했다. 그저 목발 짚은 나를 황당하게 바라보고 있을 뿐이었다.

밤새 몸을 가눌 수 있는지 궁금했지만, 아내가 있어 움직일 수 없었다. 조금이라도 움직였다간 잔소리가 터질 게 뻔했다. 아내가 나가자마자 살며시 몸을 일으켜봤다. 허리에 살짝 통증이 전해졌지만 일어날 수 있었다. 때마침 들어온 간호사에게 목발을 빌려달라 요청했다. 간호사는 절대 안 된다며 한사코 거부했다. 살짝 일어나보려는 것뿐이라며 겨우 설득한 끝에 목발을 받을 수 있었다.

"어디 가려고?"

어머니는 걱정 어린 눈으로 점퍼까지 주워 입은 내게 물었다.

"며칠 전에 인터넷으로 이력서 넣은 곳들이 있어요. 몇 군데 연락이 와서 가보려고요. 노동청에도 가서 밀린 급여 받아내고요."

어머니의 눈이 번뜩였다.

"돈 내준다냐?"

"노동청에 신고하면 줘요."

"근디 왜 여태껏 안 받아냈어?"

"계속 다니려고 했죠. 그 정도 급여 주는 데가 많지 않아서요."

걱정은 어디로 갔는지 어머니는 가만히 침대에 기대앉아 인생이 준 교훈으로 날 훈계했다.

"많이 준다고 허면 뭐 혀? 주지도 않는디. 돈 삥땅 쳐먹는 것들은 주머니에서 절대 돈 안 나오는 법이여. 잘 생각혔어."

어머니는 더 이상 날 만류하지 않았다.

"다녀올게요. 유연 엄마 오면 잘 말해줘요."

"알았은게 택시 타고 갔다 와."

어머니가 주머니에서 반듯하게 접어놓은 만 원짜리 몇 장을 꺼내 곧장 내 점퍼에 넣었다. 난 거부하지 않았다. 대신 짧은 말만 전했다.

"빨리 갔다 올게요."

어머니의 마음을 알 것 같았다. 아픈 나를 걱정하는 마음보다 당장 현실이 더 걱정됐을 것이다. 말릴 수 없었을 것이다. 자식이 아닌 가장으로 살아가는 아들을 인정해야만 하니까.

나는 나가면서 표정이 좋지 않은 어머니께 다시 한번 안심시키는 말을 건넸다.

"걱정 마세요."

어머니의 말이 내 발목을 붙잡았다.

"어깨가 무겁더라도 가족을 위해 버텨라."

난 살짝 미소를 지었다.

"어머니는 그랬어요?"

"뭐시?"

"우리 키울 때요. 어깨가 무거웠어요?"

어머니가 숨을 길게 내쉬었다.

"어찌 살아갈지 잘 모르것으면서도 살아지더라고. 자식새끼 둘이나 낳아놓은 게 일을 쉴 수 없더라고."

어머니가 잠시 말을 끊고 날 바라봤다. 나도 어머니를 바라봤다. 어머니의 눈은 과거를 다시 한번 살아보고 있다고 말해주고 있었다. 힘겨웠던 날들을 추억하던 어머니의 얼굴에 미소 같지 않은 미소가 번지고 있었다. 주름은 깊어졌지만 얼굴은 환했다.

어머니는 쓸쓸한 추억에 소환당해 그 시절을 살아보며 중얼거렸다.

"돌아보니 어깨가 무거운지도 모르고 살아왔네. 그럴 틈도 없었네그려."

내가 말했다.

"저도 그래요. 어깨가 무거운지 어떤지 생각할 겨를이 없는 거 같아요."

문을 열고 나가면서 애써 어머니를 외면했다. 근심이 가득 어린 내 모습을 보이기 싫었다. 알면서도 말했다. 어머니와 내가 다르지 않다고, 그러니 염려 말라는 말을 전하고 싶었을 뿐이었다. 나도 어머니처럼 힘든지 모르고 살아왔으니 너무 아파하지 말라는 이야기를 전하고 싶었다.

말이 던져지고 나서야 아차 싶었다. 어머니에겐 한없이 가슴 아픈 말이 될 수 있다는 걸 뒤늦게 깨달았다.

서둘러 문을 닫고 나왔다. 복도로 걸어 나가는데 어머니의 깊은 탄식이 들려오는 듯했다.

세 군데의 공장에서 연락이 왔다. 난 근무 조건을 따지지 않았다. 가장 높은 월급을 주는 곳을 선택했고 그곳만이 나에겐 유일했다.

인터넷상으로 올라온 구인 정보는 대부분 믿을 게 못 됐다.

'경력직 우대'라는 곳을 찾아 명시된 연봉만을 보고 찾아가면 다른 소리를 하는 곳 천지였다.

3천을 준다는 곳은 수습이라는 말장난으로 천만 원 정도를 깎아버리는 경우가 허다했다. 경력직인데 수습이라는 아이러니한 상황에 닥치게 되는 것이다. 그럴 때면 부아가 치밀어 오르기도 한다. "지금 저랑 장난하세요?"라는 말로 조목조목 따져 묻고 싶은 마음이 굴뚝같이 일어난다. 그래도 인내하고 턱밑까지 나오는 욕을 참아가며 "생각 좀 해보겠습니다"라는 말로 일어선다. 참아야 하는 수만 가지 이유가 몇 초 만에 떠오르기 때문이다.

구인을 올린 공장들은 대부분 여유롭게 면접 보러 온 사람들은 붙잡지 않고 보내버린다. 수많은 사람 중 절박한 한두 사람이 일을 하겠다고 말하면 그만이니까. 나와 같은 사람들의 시간을 빼앗았다는 사실에 전혀 미안한 마음을 갖지 않는다. 그저 이렇게 면접을 보다 보면, 들어올 놈은 들어온다는 확신만 있는 인간들로 가득하다.

나는 속지 않기 위해 이력서에 분명하게 적어놨다. 공들여 쓴 자기소개서 마지막 줄에는 업주들에게 보내는 강력한 메시지를 붙였다.

—2천5백 이하는 사양합니다. 수습 기간 없이도 경력 충분히 있습니다.

분명한 의지는 많은 곳의 면접을 허용하지 않았지만 세 군데의 면접을 허락했다. 두 곳은 내가 원하는 2천5백을 정확하게 제시했고 다른 한 곳은 2천7백이라는 분명한 숫자를 써두었다. 갈등할 이유가 없었다. 집에서 한 시간 거리가 부담이긴 했지만, 셔틀버스까지 운행해주기에 교통비도 오히려 저렴했다. 그 회사에서 연락 온 지 삼십 분 만에 곧장 면접을 잡았다. 다리 수술 때문에 당장 출근은 어렵다 하니 면접 후 조율하자는 의견까지 합의해줬다. 느낌이 좋았다.

공장에 들어서면서도 기계화가 덜 된 걸 확인하고 안도의 숨을 내쉬었다. 몸을 쓰는 것보다 기계를 익히는 일이 더 어렵고 힘들다. 그렇게 되면 당연히 수습 기간을 거쳐야 하기에 벌이는 시원치 않다. 둘러보니 몇몇 기계가 있긴 했는데 이미 경험해봤던 것들이 대부분인지라 자신 있었다.

조립식으로 지어진 5백 평 정도 되는 건물 안에는 직원들이 분주하게 움직이고 있었다. 들어가자마자 주위를 두리번거렸다. 관리자로 보이는 사람을 찾기 위해서였다. 저 멀리 사람들 사이를 바쁘게 오가는 오십대 남자가 눈에 띄었다. 나는 최대한 목발에 의지하지 않으려 노력하며 그에게 다가갔다. 걸음을 옮기자 멀리서도 낯선 사람인 걸 인지했는지 따가운 시선이 강렬하게 전해졌다. 어느새 그도 나를 향해 다가오고 있었다. 내가 열 걸음도 넘게 남은 상황에서 꾸벅 인사를 했다. 그는 인사 대신 깁스를 한 다리를 먼저 확인했다. 환자 같은데 왜 여길 왔느냐고 추궁하는 듯했다. 난 "무슨 일로 오셨어요?"라는 질문이 나오기도 전에 대답을 꺼냈다.

"저, 오늘 면접 본다고 약속 잡았었는데요."

그는 나를 위아래로 쳐다보더니 손가락으로 한 곳을 가리켰다. 넓은 공장 안에 작은 관리동이 보였다.

"저기로 가보셔."

"네, 감사합니다."

그는 목발을 짚고 가는 내 모습을 끝까지 지켜봤다. 나는 최대한 다리에 힘을 주고 민첩하게 움직였다. 방수 처리가 된 바닥에 물이 있는지 확인하며 급하게 서둘렀다. 녹색 바닥은 은근히 미끄러웠다. 뒤통수는 그가 아직도 바라보고 있다는 걸 본능적으로 느꼈다. 너무 서둘렀나 보다. 물이 살짝 고여 있는 것을 확인하고 분명 조심하려 했는데, 목발이 물에 닿자마자 중심을 잃고 말았다. 충분히 피할 수 있었지만, 방향을 틀어 움직이는 것이 어려웠다. 몸은 이렇지만 가볍게 움직일 수 있다는 걸 보여주고 싶었다. 최대한 목발에 힘을 실었건만 그만 순식간에 넘어지고 말았다. 목발이 넘어지며 소리를 냈다. 다행히 기계 소리와 지게차 소리 덕분에 쩌렁쩌렁 울리지는 않았다. 본 사람도 별로 없었다. 주위에 있던 몇몇이 무슨 일인지 궁금해 내려다보기만 할 뿐이었다. 당혹감에 아픈지도 모르고 벌떡 일어나 목발을 주웠다. 그가 다가오고 있었다. 바로 코앞까지 다다르자 상태를 살피며 그가 물었다.

"괜찮으셔?"

나는 민망한 얼굴로 고개를 끄덕였다.

"네, 괜찮습니다."

그의 걱정 어린 시선을 뒤로하고 관리동을 향해 다시 전진했다. 그가 나보다 먼저 앞질러 가서 문을 열어줬다. 난 다시 한번 고개를 숙여 감사를 표했다.

"조심해."

"네."

그가 사무실 문 앞에서 작은 책상에 앉아 있는 경리에게 퉁명스럽게 말했다.

"사장님 어딨어?"

"안에 계세요."

"면접 보러 왔대."

그는 내가 완전히 들어가자 문을 닫고 제 할 일을 위해 가버렸다. 경리 역시 내 상태를 살폈다. 깁스에 기름 물이 묻은 걸 보여주기가 창피했다. 난 고개를 숙여 인사했다.

"어디서 기다리면……."

경리는 책상 앞에 놓인 작은 소파에 앉으라며 손짓했다. 난 태연한 척 최대한 자연스럽게 소파에 앉았다.

"사장님 불러드릴게요."

경리는 책상 바로 옆 작은 문을 열고는 얼굴만 빠끔히 안으로 넣은 채 말했다.

"사장님, 면접 보러 왔어요."

의자에서 일어나는 소리에 이어 걸음 소리가 들려왔다. 나는 목발을 짚고 일어나지 않기 위해 최대한 한쪽 다리에 힘을 줬다. 사장이 나왔다. 중년의 넉넉한 풍채를 자랑하는 남자였다. 손으로 소파를 잡고 벌떡 일어나 인사를 했다. 사장은 잠시 내 다리를 보더니 아무렇지 않은 듯 다가왔다. 손에는 내 이력서가 들려 있었다.

"앉으세요."

난 다시 균형을 잡아 비틀거리지 않고 안정적으로 앉았다.

"다리 심하게 다치신 거예요?"

"아니요, 두 달 후면 깁스 풀 수 있습니다."

"두 달? 아이고, 그럼 심하게 다친 거네!"

사장은 살짝 인상을 찌푸렸다. 짧은 말로 경리에게 녹차 두 잔을 주문했다. 난 가만히 다음 말을 기다렸다. 이력서를 신중하게 보던 사장이 말문을 열었다.

"이직하시는 건데 사고 나서 쉬느라 퇴사하신 건가요?"

"네."

사실대로 말할 수 없었다. 돈을 받지 못했다고 말할 수 없었다. 왜일까? 왜 난 말하지 못했을까? 솔직하게 말한다고 불이익받을 것도 없는데 난 왜 거짓말을 한 걸까? 뭐가 불안했던 것일까?

그사이 티백 녹차가 담긴 종이컵이 나와 사장 사이에 놓였다. 사장은 차를 한 모금 음미하며 날 바라봤다.

"당장 일할 수 있는 직원을 뽑으면 좋긴 한데. 일도 익숙해져야 하고."

"제가 해왔던 일이고, 기계도 전에 일하던 회사와 같은 기종
이라 익숙합니다."

"그래요?"

"네, 일은 걱정하지 않으셔도 됩니다."

"우리 공장에 갑자기 일이 많아져서요. 두 달 후에도 입사는
가능하니 그럼 그때 다시 한번 보고 날짜 조정하도록 하죠."

"고맙습니다."

"대신 우리 야근이 많아요. 전에 다니던 회사는 어땠는지 모
르겠지만 야근 수당을 전부 챙겨주진 못합니다. 연봉은 일단 맞
춰드리긴 하는데 야근은 이틀 하시면 하루만 포함시키도록 할
게요. 그 정도는 이해해주시겠죠?"

불합리하다는 걸 안다. 그래서는 안 된다는 것도 안다. 엄연히
위법이라는 것도 안다. 말도 안 된다며 얼굴이 굳어져야 하는 게
정상이다. 그런데 난 웃음을 보였다. 다 아는데 나도 모르게 바
로 대답했다.

"네, 그렇게 하도록 하겠습니다. 고맙습니다."

기본에서 벗어난 제안이건만 난 고맙다는 말까지 전했다. '이
틀에 한 번의 야근 수당이 어디야'라는 생각이 웃게 만들었다.
'2천7백만 원의 연봉이 어디야'라는 생각이 고마움을 느끼게 만
들었다. '일이 많은 게 어디야'라는 안도감이 모든 이성을 파괴
해버렸다.

제안을 쉽게 승낙하자 흡족했는지 사장이 악수를 청했다.

"그럼 두 달 후에 같이 일하는 거로 알고 있을게요."

난 두 손으로 맞잡으며 공손하게 말했다.

"네, 그렇게 하겠습니다. 고맙습니다."

짧은 면접을 마치고 동시에 자리에서 일어났다. 사장이 잠시 고민하는 표정을 보였다.

"그 몸으로 차 가져왔을 리는 만무하고……. 잠시만요."

"괜찮습니다."

사장이 가만있어보라는 손짓을 하며 주머니를 뒤져 핸드폰을 찾아 어디론가 급하게 전화를 걸었다.

"여보세요! 김 과장 잠시 사무실로 오세요."

전화를 끊은 사장이 나를 보며 웃었다.

"그래도 같이 일할 사람인데……."

미세하게 불안했던 마음이 완벽히 가셨다. '두 달 후에 말이 바뀌면 어떡하지?'라는 불신을 사라지게 만들어주는 말이었다. 난 아까보다 더 깊숙이 허리를 숙였다.

"고맙습니다."

사장이 호탕하게 웃었다.

"오늘 고맙다는 말을 여러 번 듣네."

그때 김 과장이란 사람이 들어왔다. 내가 이 공장에 들어와 처음으로 말을 건넨 남자였다.

"어디로 가셔?"

김 과장이 날 데려다주기 위해 1톤 트럭으로 향하며 물었다. 그는 운전석으로 가지 않고 나와 함께 조수석으로 걷고 있었다.

불편한 나를 도와주려 한다는 걸 눈치로 느껴서 내가 먼저 재빨리 차에 올랐다. 김 과장이 머쓱하게 운전석으로 돌아가 올라타고는 시동을 걸고 목적지를 물었다.

나는 머뭇거렸다. 노동청을 가야 했다. 간단한 물음에 간단하게 "노동청이요" 하면 될 쉬운 답을 차마 입 밖으로 꺼내지 못했다. 그가 사이드브레이크를 내리고 나를 바라봤다. 재촉하는 눈빛에 입이 열렸다.

"우리병원이요."

김 과장이 시원하게 트럭 기어를 움직였다. 우렁찬 저음 엔진 소리가 울렸다.

"입원해 있는 건가 봐?"

"네."

난 먼 산을 바라봤다. 그리고 스스로에게 물었다.

'왜 노동청에 간다고 말하지 않았지?'

많은 변명이 가슴 한쪽 구석에서 스멀스멀 기어 나왔다. 난 두 눈을 질끈 감고 구차한 변명들에 귀를 닫아버렸다.

내가 너무 비겁하게 느껴졌다.

'노동청에 왜 가느냐는 질문을 받을까 봐'라는 첫 번째 변명에 창밖 먼 산을 바라봤다.

밀린 급여를 받기 위해 노동청에 간다는 말이 왜 두려운 걸까? 법을 어기고 대가를 지급하지 않은 이를 신고하는 정당한 행위를 난 왜 감추려 하는 걸까?

'노동청에 신고하는 직원이라는 오명이 따라올까 봐'란 두 번째 변명에 입술을 깨물었다.

오명이라니? 그게 어떻게 오명이 되는 걸까? 정당한 대가를 받기 위한 정당한 행위일 뿐인데…….

'사소한 오해를 집요하게 노동청에 신고한다는 인식이 걱정돼서'라는 세 번째 변명에 서러움이 울컥 올라오려 했다.

오해가 있을 수 없는 일이었다. 급여가 밀려 생활이 되지 않았다. 당장 콩딱이를 출산해야 하는 상황이었다. 과연 어떤 오해를 말하는 걸까?

그 뒤로 연달아 오는 변명에 두 눈을 질끈 감아버렸다.

'신고나 하는 귀찮은 직원을 뽑을 회사가 없기 때문에.'

'회사가 힘들 때 나 몰라라 혼자 살겠다고 나와버리는 배신자로 인식될까 봐.'

결국, 취직을 위해 부당함에 맞서는 기본적인 권리조차 자신 있게 말하지 못했던 것이다. 살기 위해서, 가족을 책임지기 위해서 난 그래야 했다.

오늘 난 내가 받아야 할 당연한 것들을 포기하고 거짓말해야만 했다.

부끄럽지 않다. 억울하지 않다. 그래야 살아지는 나 같은 사람
도 있는 거니까.

바람이 있다면, 아주 힘세고 강한 누군가가 나를 대신해 싸워
주길.

너무 큰 바람이라 여긴다면, 그저 이런 나를 이해하고 공감해
주기라도 했으면.

이 또한 내가 바라기 벅찬 분에 넘치는 부탁이라면, 그저 모른
척해주길. 비겁하다고 욕만은 하지 말아주길.

그것만으로도 충분한데…….

김 과장은 같이 일하게 될 동료의 사정이 꽤 궁금했나 보다.
전혀 조심하지 않고 편안하게 물어봤다.

"우리병원이면 김포잖아. 집도 김포 근처야?"

나도 언짢은 마음을 감추고 착실히 대답을 이어갔다.

"네, 인천 검단 쪽이에요."

"병원이랑은 가까운데 우리 회사랑은 거리가 좀 있네. 부천까
지 킬로수는 금방인데 출퇴근 시간에는 한 시간 반 잡아야 해."

2차선 도로를 시원하게 달리며 김 과장은 세세한 출근 노하우
를 알려줬다.

"다행히도 김포 쪽은 회사 버스가 다니긴 하니 출근은 편할
거야. 근데 몇 군데 돌고 오느라고 출근 시간이 두 시간 반이나
걸려."

"몇 군데 돌아서 회사 들어가나 봐요?"

"김포 장기동, 김포시청, 김포공항 찍고 돌아오면서 두 군데 더 도는 거로 알고 있어. 웬만하면 자가용이 편하긴 하지. 어차 피 다리 깁스 풀면 운전은 할 수 있을 거 아냐?"

"그렇긴 하죠."

"출근 시간 조금 서두르면 차 안 막힐 때 올 수 있어. 삼십 분 먼저 와서 살짝 눈 감고 있다가 일하면 그나마 괜찮아. 버스에서 두 시간 반 오는 것도 엄청 힘든 노동이거든. 잠도 많이 부족해 지고. 버스에 사람 많아서 자지도 못해."

김 과장이 열심히 경험을 말해주고 있는 가운데 내가 조심스 럽게 물었다.

"저……, 그럼 한 달 자차 기름값은 얼마나 나오나요? 디젤차 인데……."

김 과장이 세세한 정보를 나누다 말고 나를 힐끔 바라봤다. 시 선은 오래가지 않았다. 내 머리가 무슨 걱정을 안고 있는지 표정 과 질문이 말해주고 있었다. 그는 덤덤하게 트럭을 운전하며 말 했다. 말투는 조금 전과는 사뭇 달라 있었다. 조금 더 친근함이 묻어 나왔다.

"생각해보니 기름값이 만만치 않네. 대략 25킬로 정도 나오니 왕복 50킬로잖아. 근데 버스도 탈 만해. 자네 집이 검단이면 어 디서 차 타지?"

"김포시청이 될 것 같은데요."

"김포시청이면 장기동 다음으로 멈추는 곳이잖아. 장기동에서는 사람들 많이 안 타서 자리 넉넉할 거야."

"다행이네요."

김 과장은 좀 전과는 다르게 버스 출퇴근의 긍정적인 부분에 대해 열변을 토했다.

"일단 버스에 오르면 무조건 앞자리에 앉아. 기사 바로 뒤에. 그 자리가 더우나 추우나 가장 적절한 온도에 맞춰져 있거든."

"네."

김 과장의 입은 쉴 줄 몰랐다. 괜한 참견으로 심란해하는 내게 미안해하는 것 같았다. 나지막한 음성이 그의 마음을 대변해 줬다.

"그리고 퇴근 때는 사람들이 우르르 몰리기 때문에 자리가 없을 수도 있어. 그땐 무조건 다음 버스 기다려. 퇴근 버스는 두 대거든. 삼십 분 먼저 도착하려다가 힘 다 빠져. 다음 버스는 자리 넉넉하니까 편하게 갈 수 있어."

"네, 그럴게요."

자세한 가르침에도 성이 안 찼는지 나와 공감대를 만들기 위해 더욱 이야기에 박차를 가했다.

"내 말이 정확할 거야. 나도 3년 전까지만 해도 매일 회사 버스 타고 다녔거든. 지금은 회사 근처로 이사하긴 했지만. 난 더했어. 강화도가 집이었는데."

힘겨웠던 김 과장의 이야기에 귀가 쫑긋해졌다. 나도 모르게 그의 말을 잘랐다.

"많이 힘드셨나 봐요."

김 과장은 소리를 높였다.

"그랬지! 경기도 북쪽에선 그나마 강화도 쪽이 월세가 싼 편이었거든. 강화도에서 25년 살다가 돈 모아서 회사 근처로 집 옮겼지."

간절하게 궁금했다. 낯선 김 과장이 친근하게 느껴졌다. 난 또다시 질문을 던졌다.

"25년 회사 생활 하시고 집 사신 거예요? 대출 없이요?"

김 과장이 자랑스럽게 가슴을 펴고 말했다.

"그럼! 대출 10원 한 장 없이! 34평!"

"좋으시겠어요."

"마음의 짐 하나는 덜었지."

"고생 많이 하셨겠어요?"

"그럼, 난 자네보다 더 했다니까. 그땐 김포에 장기동이 없었어. 논밭이었다고. 그래서 버스 타고 두 시간 나와서 김포시청에서 버스 타고 회사 출근했다니까. 내가 사장님 아버지 때부터 여기에서 일했거든. 그때보단 많이 좋아진 거야. 지금이 훨씬 일도 수월하고 급여도 세잖아. 그땐 집에 갈 엄두가 안 나서 회사에서 자기 일쑤였어."

김 과장의 말에 동의할 수 없었다. 그가 인정하고 받아들이고 살아왔다는 사실이 안타깝기도 했다. 야근수당이 없어도, 중노동을 하면서도 묵묵히 견디기만 했던 것이다. 그렇게 그의 희생으로 키워진 회사는 버스가 늘었고 두 개의 공장이 더 생겼다 말하며 그는 자랑스러워했다. 자신의 청춘이 고스란히 담긴 회사라며 자부심을 드러냈다. 아파트를 사게 해준 회사라며 고마움을 표했다.

나는 묻고 싶었다. 공장이 두 군데나 생겨나고 버스가 다섯 대로 늘어날 동안 겨우 34평짜리 집 하나만을 25년 만에 장만한 거냐고.

하긴. 말할 처지가 아니었다. 나도 김 과장처럼 살아갈 테니까. 어쩌면 그와 같이 생각을 지워버리고 하루하루 살아가는 것에 만족하는 편이 행복에 가까울지도 모르겠다.

김 과장의 과거 이야기는 꽤 오랜 시간 이어졌다. 병원에 들어서며 김 과장이 나에게 악수를 건넸다.

"두 달 후에 보세."

"데려다주셔서 감사합니다."

"함께 일하게 되면 한번 잘해보자고."

"네."

김 과장의 얼굴에는 아직도 예전의 그리움이 묻어났다. 말은 끊겼지만, 아직도 그 시절을 회상하는 듯했다. 나는 차에서 내리며 그를 향해 웃어 보였다. 그도 웃으며 손을 흔들어 보였다. 거친 손이 무척이나 단단해 보였다. 그의 손이 부러웠다. 결국엔 그 손으로 모든 걸 책임진 남자였다.

　행복해 보였다.

　덕분에 택시비를 아꼈다. 트럭이 사라질 동안 난 멍하니 서 있었다. 시야에서 트럭이 완벽히 사라지자 난 병원에 들어가지 않고 밖으로 향했다.

　콩딱이에게 선물을 사주고 싶었다.

　속으로 외쳤다.

　'며칠만 더 있다가 보자. 아빠가 미안해. 대신, 오늘은 맛있는 거 먹자. 아빠가 맛있는 거 사줄게.'

3·3
우리

유연 엄마가 병실 안을 홀로 지키고 있었다. 초조하게 콩딱이를 품은 배를 쓰다듬으며 침대 주위를 배회했다. 시어머니가 놓고 간 떡과 음료수를 내려다보기도 하고 잠시 침대에 앉아보기도 했다.

"돈 받을 수 있단다. 신고하고 취직도 하고 온단다."

시어머니의 말에 유연 엄마는 가슴이 아파왔다. 콩딱이도 곧장 반응하며 태동으로 아빠를 걱정했다. 유연 아빠의 몸은 아직 정상이 아니었다. 겨우 다리에 힘이 들어갈 정도였다. 의사의 말대로라면 목발 사용도 한참 더 있어야만 했다.

시어머니가 유연 엄마의 어두운 얼굴을 보고 급하게 짐을 챙겼다.

"집 한동안 비워놔서 지저분할 거 아녀? 열쇠 좀 줘라."

걱정이 한가득한 유연 엄마가 시어머니를 올려봤다.

"네?"

"언제 아기 나올지 모르는 거 아녀. 내가 청소 좀 해놓을라니까."

"괜찮아요. 제가 가서 할게요."

"청소만 하고 후딱 나올랑 게 걱정 말고. 더럽다고 흉 안 볼 텐게."

시어머니의 성화에 유연 엄마가 열쇠를 건넸다.

"애비 오믄 뭐라고 하지 말어."

열쇠를 받아 든 시어머니가 유연 엄마에게 말했다. 그녀는 말 없이 고개를 숙였다. 시어머니가 유연 엄마의 팔을 살며시 다독였다.

"애비가 돼서 누워만 있는 것이 맴이 편하지는 않았을 거 아니냐."

시어머니는 이미 유연 엄마의 마음을 다 알고 있었다. 그녀도 말문을 열었다.

"아직 몸이 그렇잖아요."

"몸이 그려도 맴이 급한 게 그런 거여."

"그래도……."

"나라도 그랬을 거여. 너라도 그랬을 거고."

유연 엄마의 입은 더 이상 열리지 않았다. 그랬을 테니까. 콩딸이의 출산일이 급박하지만 않았다면 당장 어떤 일이라도 했을 테니까. 이미 그녀도 출산일을 앞둔 상태에서 소일거리를 알아보고 오는 길이었으니까.

택시에서 내려 병원으로 올라오며 갑자기 스친 생각이 있었다. 마스크팩을 포장하는 일이 소일거리로 괜찮다는 어느 엄마의 말이 떠올랐다. 유연이 산후조리원 동기 엄마들이 만든 단체 채팅방에 어느 엄마가 올린 사진이 머릿속을 채웠다. 자신이 살고 있는 아파트 동 대표가 화장품 납품 공장을 하는데 마스크팩 포장 재택 알바를 구한다고 했다. 심심해서 소일거리로 해보니 하루에 2천 장 정도는 거뜬하더라고 했다. 2천 장을 포장하면 2만 원 정도를 버는데 아기 기저귓값은 나오는 것 같다며 괜찮은 취미라고 뿌듯해했다.

유연 엄마는 입원실로 올라가기 전 서둘러 핸드폰을 찾았다. 재빨리 희소식을 알려줬던 조리원 엄마에게 문자를 보냈다. 마스크팩 포장 알바를 할 수 있느냐는 질문에 빠른 답장이 전해졌다.

—난 지금도 하고 있지. 손에 익으니 딸랑구 어린이집에서 오기 전까지 3천 장은 할 수 있더라고. 하려고?

—응.

—콩딱이 나올 때 되지 않았어? 가능해?

—틈틈이 해보려고. 심심하잖아. 어차피 콩딱이 나오면 집에만 있어야 하니까.

—몸조리라도 하고 하지? 이거, 이래 봬도 손목을 굉장히 많

이 써서 출산 후에 바로 하는 건 무리일 수 있어. 뼈 다 열리잖아.

　—그냥 조금씩 지루할 때 한 번씩 하려고.

　—그렇다면 알아봐줄게. 어차피 일손 부족하다고 난리던데.

　—고마워.

　어렵다는 말을 차마 할 수 없었다. 부끄러워서가 아니었다. 유연 아빠에 대한 편견이 자리 잡을까 봐 신경 쓰였다. 누구보다 열심히 사는 사람인데, 사람 속도 모르고 결과만을 가지고 판단할 시선들이 싫었다.

　유연 엄마가 엘리베이터에 올랐다. 입원실 층수를 누르고 문이 닫히길 기다렸다. 자기도 모르게 터져 나온 혼잣말이 그녀를 감싸 안았다.

　"심심하잖아. 어차피 콩딱이는 태어나도 한동안 잠만 자고 누워 있을 텐데."

　유연 엄마가 두 손으로 콩딱이를 마사지해주며 대답을 재촉했다.

　"그렇지?"

　참 착한 아기였다. 곧장 태동으로 엄마 말이 맞는다며 신호를 보내왔다.

　시어머니가 두고 간 음료수 병이 이슬을 머금었다. 어느새 이슬이 탁자에 내려앉아 주변을 촉촉하게 적셨다. 유연 엄마가 기다리다 못해 유연 아빠에게 전화를 걸어보려 했다. 바로 그때 입원실 문이 무겁게 열렸다. 유연 아빠였다. 목발을 짚은 유연 아빠의 왼쪽 손에는 검은 봉지가 들려 있었다. 그녀와 눈빛이 마주치자 그가 당황했다. 그녀의 눈은 그를 노려보고 있었다. 그가 억지웃음을 띄우며 열심히 다가왔다.

"언제 왔어?"

"한참 전에."

태연히 목발을 벽에 세워놓은 뒤 침대에 주저앉은 유연 아빠가 방그레 웃음을 보였다. 유연 엄마의 얼굴은 확연한 차이를 보였다.

"그랬구나. 엄마는?"

"우리 집 가셨어."

"왜?"

"그게 문제가 아니라, 이 몸으로 무슨 취직을 한다고 그래? 무슨 돈을 받는다고 그래?"

유연 엄마의 목소리가 살짝 높아졌다. 함께 있던 몇몇 환자가 부부를 바라봤다. 유연 아빠가 주위를 조심스럽게 살폈다. 그녀도 분위기를 눈치채고 소리를 낮췄다.

"나중에 해도 되잖아."

유연 아빠는 웃음을 유지한 채 나지막한 목소리로 자랑하며 책망을 덮으려 했다.

"나 취직됐어."

"그 몸으로 어떻게 일한다고?"

"두 달 후에는 움직일 수 있잖아. 두 달 후에 출근해도 된다고
했어."

유연 엄마의 눈이 깁스를 한 다리로 향했다. 기름때 얼룩이 눈
에 들어왔다. 눈치챈 유연 아빠가 재빨리 이불로 깁스를 감췄다.
빠른 손놀림으로 침대에 설치된 식탁을 일으켜 세워 고정한 뒤
봉지를 올려놨다.

"기념으로 먹을 것 좀 사 왔어. 족발."

유연 엄마의 눈은 여전히 감춰진 깁스를 내려다보고 있었다.
유연 아빠의 입이 다급해졌다.

"옆에 앉아봐. 빨리 먹게. 콩딱이 배고플 거 아니야."

유연 아빠의 손이 침대를 쓱쓱 문지르며 앉으라는 신호를 보
냈다. 유연 엄마는 목석처럼 굳어진 모습으로 반응하지 않았다.

"깁스가 왜 이래?"

유연 아빠가 호탕하게 웃었다.

"별거 아니야. 면접 보러 가는데 물이 튀었어."

"한겨울에 물이 어디 있어서? 넘어졌어?"

유연 아빠가 손사래를 치며 완강히 부인했다.

"아니야! 공장 실내는 따뜻하잖아. 거기서 튀었어."

유연 엄마의 눈가가 촉촉해졌다. 그걸 본 유연 아빠가 아이처
럼 보챘다.

"엄마면 콩딱이를 좀 생각해. 계속 그렇게 서 있기만 할 거야?
빨리 먹어."

모성의 압박을 받은 유연 엄마가 마지못해 자리에 앉았다. 유연 아빠가 즐거운 얼굴로 서둘러 족발이 담긴 포장지를 뜯었다.

"이제야 족발 한 번 먹여주네."

유연 아빠가 미안한 마음으로 나지막하게 말했다. 빠른 동작으로 젓가락을 들어 야들야들하게 생긴 부위를 골라 유연 엄마의 입으로 가져갔다.

"아!"

입을 꾹 다물고 유연 아빠를 안타까운 눈으로 노려보던 유연 엄마가 마지못해 입을 열었다. 그가 능청스럽게 곧장 콩딱이에게 말을 걸었다.

"우리 콩딱이 잘도 먹네. 이제 걱정하지 마, 아빠가 다 알아서 할 거니까. 아! 산부인과에선 뭐래?"

유연 엄마는 열심히 족발을 씹었다. 슬픔으로 막혀버린 목에 족발을 밀어 넣어야만 했다. 힘이 들어가 있던 눈은 점차 풀어지며 다정하게 유연 아빠를 바라봤다.

"기다려보자네."

"유도분만 해야 하는 거 아니야?"

"그거 엄마한테 별로 안 좋대. 약물 쓰는 거잖아. 아직 서두르지 않아도 된다고 하더라고."

"다행이다."

"그러게."

유연 엄마는 유도분만을 권유한 의사의 충고를 말하지 못했다. 유연 아빠에게 미안함을 덜어주고 싶었다. 그녀의 손이 따뜻하게 이불 속에 감춰져 있는 깁스로 향했다. 열심히 족발을 골라주던 그가 움찔했다. 그녀가 깁스를 다독거리며 말했다.

"갈 거면 휠체어 타지."

유연 아빠는 "나약한 모습으로 면접 보면 안 될 것 같아서"라고 말하지 못했다. 마냥 웃으며 가장 맛있는 부위를 찾아 유연 엄마의 입으로 가져갈 뿐이었다.

"휠체어가 더 불편해. 접고 펴고 하는 게 얼마나 힘든 줄 알아?"

둘은 거짓말을 했다. 부부로 살면서 서로에게 진실만을 말할 것을 맹세한다는 약속을 깨버렸다. 비밀을 만들지 않는다는 약속도 자연스럽게 깨져버렸다. 둘은 너무도 쉽게 언약을 어기며 가슴속에 혼자만의 기억을 간직했다.

어차피 꺼낸다고 한들, 또 아무렇지 않은 척 거짓말해야 한다는 핑계를 무기로 삼았다. 각자 다른 이야기를 숨겼지만 마음만은 같았다. 그래서일까? 둘은 동시에 같은 생각을 떠올렸다.

'숨기길 잘한 거야.'

유연 엄마는 족발을 받아먹고 유연 아빠는 먹여준다는 차이만 존재했다.

혼자 감당하려 했고, 혼자 아파하려 했으며, 혼자 이겨내려 했다.

둘이 감당할 필요가 없었고, 둘이 아파할 필요가 없었으며, 둘이 이겨낼 필요가 없었다.

부부는 닮는다고 했던가?

정말 그런가 보다.

둘은 정말 많이 닮아 있었다.

미안한 마음을 안겨주기 싫어하는 모습이 너무나 닮아 있었다.

그래서 부부인가 보다. 그래서 두 사람은 서로의 거짓말을 알면서도 모르는 척, 그렇게 서로를 지켜주고 있나 보다.

족발을 먹으며 유연 엄마가 말했다.

"노동청도 갔다 왔어?"

족발을 먹여주며 유연 아빠가 거짓말을 했다.

"가려고 했는데 너무 춥더라고."

족발을 먹으며 유연 엄마가 거짓말을 했다.

"우리 산후조리원 동기 시온 엄마 있잖아? 마스크팩 포장하는 알바를 하는데 물건을 너무 많이 받아놨대. 다음 주에 시댁 가는데 대신 해주면 안 되냐고 물어보더라고. 반품 안 된다고."

족발을 먹여주며 유연 아빠가 유연 엄마를 지켜줬다.

"그래? 힘들지 않겠어?"

족발을 먹으며 유연 엄마가 유연 아빠를 지켜줬다.

"힘들긴. 멍하니 있는 것보다 손이라도 움직여야 콩딱이 발달에 좋은 거야. 그리고 노동청은 나중에 함께 가자. 조금 더 몸 좋아지면."

족발을 먹여주며 유연 아빠가 고백했다.

"미안해."

족발을 먹으며 유연 엄마가 고백했다.

"나도."

4··1
아내

우린 함께 집에서 마스크팩을 포장했다. 일이라고 여겨지지
않았다. 단둘이 이런저런 이야기를 나누며 몇 시간이고 수다 삼
매경에 빠질 수 있었다. 유연이가 어린이집에서 돌아올 때까지
둘이 두서없는 대화를 이어갔다.

유연이의 어린이집 생활을 이야기하기도 했고 세상에 나올
콩딱이에 대한 이야기를 나누기도 했다. 로또를 사볼까 하는 의
견을 내기도 했고 로또가 되면 제일 먼저 뭘 하고 싶냐고 묻기도
했다. 새로운 직장에 대한 희망을 말하기도 했고 지난 직장을 욕
하며 스트레스를 풀기도 했다.

오늘은 오후 다섯시까지 밀린 급여가 입금될 거란 노동청 담
당관의 연락에 급여 계산을 해보았다. 꽤 많이 쌓인 급여에 어떤

것들을 먼저 해결해야 하는지 곰곰이 따져보았다.

남편은 누워서도 익숙하게 포장을 해나갔다. 누워 있는 남편이 물었다.

"봐봐. 진작 신고하길 잘했지?"

오랜만에 남편이 당당한 말투로 물었다. '나 잘했지?'라는 남편의 말을 들어본 적이 언제인지 기억나지 않았다. 늘 고개 숙이고 멋쩍은 웃음으로 미안해하던 것만 기억났다. 난 그런 남편을 한없이 칭찬해주고 싶었다.

"그래. 당신 말 듣길 잘했네."

"퇴원도 일찍 하길 잘했지?"

남편의 말에 난 잠시 가슴이 아려왔다. 남편은 눈치채지 못하고 오후에 들어올 급여를 기다리며 열심히 포장에 집중하며 자랑스럽게 말했다.

"내 말대로 노동청에 신고도 하고 퇴원도 빨리해서 이렇게 잠자리라도 편하니 좋잖아, 안 그래?"

빨리 칭찬의 소리가 나오길 보채는 남편이었다. 난 아픈 가슴을 뒤로하고 입을 열었다.

"응. 당신 말 듣길 잘했다."

남편은 뿌듯해하며 쉬지 않고 마스크팩을 포장했다.

남편의 퇴원은 예정보다 빨랐다. 다툼 때문이었다. 한사코 노동청에 가야겠다는 남편의 초조함에서 시작되었다. 가벼운 언쟁이 결국 눈물을 만들어냈다.

병원 침대에서 눈을 뜨자마자 남편은 노동청에 전화를 걸었다. 난 졸린 눈을 비비며 보호자 침대에서 일어나 본능적으로 배를 어루만져봤다. 콩딱이는 아직 소식이 없었다. 병원에서 예정일이 일주일 지났으니 내원해보라는 문자를 보내왔다. 난 속으로 말했다.

'조금만 더 있다가.'

남편이 서두르는 모습을 침착하게 바라보며 입을 열었다.

"서두르지 말자니까. 몸도 추스르고 해야지."

남편은 내 배를 가만히 내려다봤다.

"콩딱이 더 기다리면 안 되잖아."

난 별일 아니라는 듯 말했다.

"병원에서 조금 더 기다려도 된다는데 뭐가 그렇게 초조해?"

"밤새 생각했어. 한숨도 안 잤어. 신고라도 해놔야 마음이 놓일 것 같아."

"그 몸으로?"

"더 중요한 건……."

남편이 말을 흐렸다. 무슨 말이 나올지 알고 있었다. "중요한 건 뭐?"라고 재촉할 수 없었다. 남편과 마찬가지로 나 역시 밤새워 고민했던 문제였으니까. 남편의 이야기에 한숨이 절로 새어 나올 테니까. 차라리 그냥 침묵으로 견뎌주는 편이 나았다.

아무 말도 하지 않고 남편을 피했다. 남편도 못내 힘들었는지

머뭇거렸다. 어차피 터질 부분이라 여겼던 것일까? 남편이 큰숨
과 함께 끝내 꺼내버렸다.

"나 보험 처리 안 되잖아."

'괜찮아'라고 말할 수 없었다. '걱정하지 마'라고 말할 수 없었
다. '그런 건 신경 쓰지 말고 몸이나 신경 써'라고 말할 수 없었다.
잔인하지만 현실이었고 며칠 밤을 고민 속에 잠을 설쳤으니까.
남편은 따뜻한 말을 해주지 않는 나를 원망하지 않았다.

"어차피 주사 몇 번 맞는 거 빼고는 집에 있는 거랑 다를 거 없
잖아. 그냥 퇴원하자."

노동청을 가겠다 말하는 남편을 말리지 않았더라면 퇴원 이
야기까진 나오지 않았을까? 괜한 이야기가 결국 이렇게 만든 것
은 아닐까? 자책감이 밀려왔다. 남편은 내 얼굴을 읽고는 다정
하게 말했다.

"여보."

나는 말없이 남편을 올려봤다. 남편은 여유 있는 표정으로 덤
덤하게 말했다.

"집에서 가만히 누워 있으면 돼. 그리고 하루라도 빨리 밀린
급여 받아야 할 거 아니야. 그래야 콩딱이 낳고 산후조리원도 가
고 하지."

"유연이 있는데 산후조리원을 어떻게 가?"

"내가 돌보고 있을 테니까 당신은 가서 쉬고 있어."

"당신 몸이 그런데 어떻게 유연이를 돌봐?"

"할 수 있어."

"싫어. 그냥 집에 엄마 오라고 해서 좀 쉬면 돼."

"말 좀 들어."

나도 끝내 참지 못하고 말해버렸다.

"당신이야말로 말 좀 들어. 마음이라도 편하게 해달라고."

남편의 입은 더 이상 열리지 않았다. 한번 터진 입은 계속 남편을 몰아세웠다.

"어떻게 하려고 그래? 뼈 붙을 때까진 가만히 있어야 한다는데, 안 그러면 더 큰일 날 수 있다는데 자꾸 왜 이렇게 날 조마조마하게 만드는 건데."

남편은 조심조심 침대에서 내려와 목발을 짚었다. 난 눈시울이 붉어져 남편을 째려봤다. 남편은 차마 날 돌아보지 않고 점퍼를 손에 쥐었다.

"내가 할 수 있는 게 지금은 이것뿐이니까."

내 눈에서 눈물이 흘러내렸다. 흐느낌만은 안 된다 다짐하며 입술을 깨물었다. 남편은 고개를 돌리지 않고 말을 이었다. 마주 볼 용기가 없는 듯했다.

"나도 이렇게 누워 있는 지금이 조마조마하고 답답하거든. 그리고 유연이도 빨리 집에 오고 싶어 할 거잖아. 그것도 조마조마해. 콩딱이도 빨리 나와야 하잖아. 그것도 조마조마해. 그리고……."

남편이 뜸을 들였다. 남편이 허공을 잠시 올려다보고는 마지막

말을 꺼냈다. 그리고 말을 끝내자마자 거침없이 걸음을 옮겼다.

"임신한 당신 잘해줘야 하잖아. 곧 출산하는 내 아내, 나 믿고 살아주는 당신, 힘들게 하면 안 되잖아. 그것도 조마조마하고 답답해 미치겠어. 나 편하고 싶어서 그러는 거야. 그러니까 나 좀 가만히 놔둬."

결국, 우린 함께 노동청으로 향했다. 택시에 올라 서로의 손을 찾아 잡고는 말없이 앉아 있었다.

남편의 엄지손가락이 내 손등을 어루만졌다. 나도 남편의 손등을 만지작거렸다. 우린 손으로 대화를 나눠갔다. 택시 기사가 우리 사정을 듣는 게 싫었다. 남편의 손바닥에 글씨를 써 내려갔다. 남편이 쓰기 쉽게 손바닥을 펼쳐줬다.

—퇴원하고 싶어?

남편이 빠르게 답장을 적었다.

—응. 병원 답답해.

몸도 마음도 그럴 것이다. 충분히 이해할 수 있었다. 단지 그러면 안 된다는 깊은 곳의 외침이 만류하고 있었을 뿐.

누구나 한 번은 경험했을 것이다. 힘든데, 정말 죽을 만큼 힘들어 포기하고 내려놓고 싶은데 입 밖으론 새어 나오지 않는 처절함. '차라리 그냥 내가 견디고 말지'라는 단념과 체념. 먹먹하고 막막한 상황, 벼랑이라는 것을 알면서도 가야만 하는 상황들. 끝까지 입은 굳게 닫혀 이 모든 걸 양심이란, 사랑이란, 가족이란 압박 속에 견뎌내야 한다는 마음속의 외침.

　—그래도 네 부모잖아.

　—그래도 네 형제잖아.

　—그래도 네 가족이잖아.

　—그래도 네 남편이고 아내잖아.

　—그래도 네 자식이잖아.

　—그래도……그래도…… 그래도…….

'그래도'라는 말로 하염없이 이어지는 충고와 이해와 수용.

　나는 남편에게 장문의 글을 써 내려갔다. 내 마음을 있는 그대로 솔직하게 말했다. 남편은 눈을 감고 손바닥에 쓰이는 진실을 있는 그대로 받아들였다.

　—나도 고민 많이 했어. 근데 퇴원하는 게 맞는 거 같아. 먼저 말하기 미안했는데 당신이 얘기해줘서 다행이야. 퇴원하자. 이렇게 있어봤자 가족에게 신세만 더 질 뿐이니까.

　남편을 바라봤다. 남편은 여전히 눈을 감고 내가 쓰는 글자를 한 자 한 자 새기고 있었다. 말이 아닌 글이라 그럴까? 더 깊은 곳에 숨겨진 말을 전할 수 있었다.

　—그리고 노동청에 하루라도 빨리 가서 해결하고 싶었던 건 오히려 나야. 병원비 쌓여갈 때마다 당장 노동청 데려가고 싶었던 적이 한두 번이 아니야. 사실 오늘 나가는 거 말리고 싶지 않았어. 차라리 누워 있는 것보단 이게 맞는 거 같아.

　남편은 마지막 글자까지 정확하게 새기고 있는 듯했다. 난 말없이 눈을 감고 있는 남편에게 물었다. 남편의 손은 내 말을 기다렸는지 계속 손바닥을 펴고 있었다.

—서운해?

남편은 생각할 틈도 없이 물음에 바로 대답했다. 정확하게 내 손바닥에 자신의 감정을 전달했다. 남편이 적어준 짧은 대답에 난 바보같이 눈물을 터뜨렸다.

"흑!"

참을 수 없어 흘러나온 흐느낌에 택시 기사가 백미러를 통해 나와 눈을 마주쳤다. 난 아랑곳하지 않았다. 그저 눈물을 뚝뚝 흘리기만 했다. 기사는 서둘러 내 눈을 피했다.

—그래도 사랑해.

남편의 아름다운 답장이 나를 깨닫게 해줬다. '그래도'는 강압적인 이해를 위해서만 존재하는 단어가 아님을.

지금의 내 모든 감정과 복잡함을 무너지게 만들어버리는 말이었다. 눈물은 내가 열변을 토하며 써 내려간 글씨에 힘을 잃게 만들었다.

더불어 눈물이 번지며 가슴속에 자욱했던 안개를 걷어냈다. 안개가 걷히자 꼭꼭 숨어 있던 진실한 감정이 하나둘 본모습을 나타내기 시작했다.

내가 전하려는 '그래도' 역시 타인들이 전하는 것이 아니었다. 남편이 전하는 '그래도'와 같았던 것이다. 잠시 지친 심신이 자욱한 안개를 만들어 착각을 만들어냈을 뿐이다.

남편이 장난스럽게 미소를 지었다. 그리고 나도 답장을 적어
내려갔다.

—지지리 궁상맞은 남편이지만, 그래도 당신이 내겐 최고야.

4‥2
남편

다 안다. 다 알고 있었다. 우리 가족을 위해 아내가 할 수 있는 마지막 발악이었다는 것을.

손을 움직이는 것도 허리에 힘을 줘야 하고 다리에 자극이 가서 힘들었다. 마스크팩을 포장하는 일은 힘에 부친 무거운 역기를 들고 버티는 것과 같았다. 하지만 견딜 수 있었다. 이보다 더한 것도 버텨야만 했다. 아내도 버티고 있었으니까. 아랫배가 묵직하게 짓눌린 상태에서도 아내는 내색하지 않고 앉아 포장하고 있었으니까. 육신의 고단함을 수다로 풀어내며 우린 참아내고 있었다.

그래도 다행이었다.

병원비가 나가는 근심을 덜었다. 소소하지만 조금의 벌이가 생겼다. 대화할 시간이 늘었고 우리 가족이 함께 있을 수 있었다.

다행일 수밖에 없는 상황이었다. 당분간 근심이 찾아오지 않을 테니까.

아침부터 걸려 온 노동청 조사관의 전화는 우리를 들뜨게 했다. 유연이를 어린이집에 데려다주고 돌아온 아내에게 제일 먼저 소식을 전했다. 내 말에 아내가 웃었다. 씁쓸한 미소가 아닌 말 그대로 환한 웃음이었다. 진짜 웃음을 더 많이 주고 싶었다. 잘되고 있다는 주문을 걸어주고 싶었다. 긍정적인 시간을 안겨주고 싶었다.

"잘했지?"라고 물었고 또다시 "잘했지?"라고 물었다. 아내는 "응"이라고 답했고 난 마스크팩을 정성스럽게 포장하며 말했다.

"잘될 거야, 앞으로는 모든 게."

다 포장한 마스크팩을 상자에 담으며 살짝 아내를 바라봤다.

아내는 꿈을 꾸고 있었다. 절망과 걱정이 아닌 미래를 품은 꿈 말이다.

다시 포장에 집중하며 속으로 말했다.

'다행이다.'

노동청을 가야겠다는 내 고집은 옳았다. 아마도 결혼하고 고집부린 모든 순간을 통틀어 가장 뿌듯한 똥고집이 아니었나 싶다.

남편은 아내 말을 잘 들어야 한다고 했던가?

밀린 급여를 기다리자 고집부린 것도 나였다. 대신 대리운전을 하며 생활을 유지하겠다고 고집부린 것도 나였다. 전동 킥보드를 가지고 대리운전을 하겠다며 고집부린 것도 나였다.

내가 부린 고집들은 언제나 심술로 돌아왔다. 아내는 그런 나를 보며 얼마나 답답했을까? 이번에도 그랬을 것이다. 고집을 부리는 내게 단단히 화가 나 있었을 것이다. 엄청나게 쏘아붙이며 지금까지 고집부려서 잘된 일이 뭐가 있었느냐 따져 묻고 싶었을 것이다.

아마 장담하건대 그렇게 나왔더라도 난 고집을 꺾지 않았을 것이다. 아내도 알고 있었다. 아무리 말려봤자 끝내 내가 노동청으로 향했을 거라는 걸.

아내는 씩씩거리며 나를 따라나섰다. 택시에서도 화난 얼굴을 감추지 않았다. 한참 화를 내던 아내가 잠시 생각에 빠지더니 두 손을 들었다. 자기도 그러길 원했다며 내 마음과 다를 바가 없다고 말했다.

아니었을 것이다. 아내는 내 생각과 반대되는 자신을 끼워 맞췄을 뿐이다. 여태 그렇게 나와 살아왔으니까. 그런 아내에게 맞춰주고 싶은 마음이 굴뚝같았지만, 이번만큼은 양보할 수 없었다. 믿지도 않는 신에게 기도했다.

'이번 한 번만 아내가 날 따르게 해주소서. 그렇게 해주신다면 영원을 넘어선 시간 동안 아내에게 맞추고 살아갈 것을 맹세하겠나이다.'

기도하지 않아도 이번에도 날 이해해줄 거란 확신이 따라오
긴 했다. 단지 아내가 나를 이해하기 위해 스스로 어쩔 수 없는
변명을 만들어낼 상황을 용서받고 싶었을 뿐.

노동청을 가겠다는 고집만큼은 반드시 옳기를 바랐다. 더는
아내가 내 고집에 맞춘 기대에 무너지는 모습을 볼 수 없을 것
같았다.

노동청 담당 조사관은 제출한 증빙서류들을 대충 둘러봤다.
조사관의 행동에 기분이 언짢은 것도 잠시였다. 신중하게 들여
다보지 않은 이유는 나와 아내를 만족시켰다.

"볼 것도 없네요. 조사할 것도 없고요. 급여가 입금되지 않은
내용이 확실하게 입증됐으니 곧장 출석요구하기만 하면 돼요."

아내와 내가 동시에 입을 열었다.

"감사합니다."

조사관은 별일 아니라는 듯 말을 이었다.

"이런 경우가 꽤 많은데 대부분은 거의 받아요. 못 받는 소수
는 회사가 아예 부도난 상황이라야 하는데 사업장을 보니 잘 돌
아가는 곳이라 염려 없겠어요. 그러니 기다리시기만 하면 됩니
다."

안심이 됐다. 이제 콩딱이가 나와도 문제되지 않는다. 급여가
목돈이기도 했고 두 달 후면 곧장 출근할 수 있었다. 출근 전까
지 살기에 넉넉했고 처가와 우리 집에 빌린 돈도 갚을 수 있었

다. 오랜만에 체면을 세울 수 있다는 사실이 반가웠다. 조사관은 우리의 밝아진 표정에 하나의 충고를 더했다.

"사업장 대표님이 연락할 수도 있어요."

아내의 표정이 굳어졌다. 불안해하는 것 같았다. 나도 불편한 기색을 감추지 못했다. 우리가 불안하고 불편해할 이유가 전혀 없는데도 동시에 가슴이 꽉 막힌 기분을 느꼈다.

조사관은 친절하게 우리에게 말했다.

"만약 연락 오면 받지 마세요. 급여 다 안 주고 합의하려는 사람들 꽤 있어요. 무조건 우리 담당 조사관 통해서 하셔야 해요. 가끔 사업장 대리하는 변호사들이 있거든요. 그 사람들이 전화해 올 수도 있는데 무조건 받지 마세요. 별별 말로 불안하게 만들어서 급여 다 안 주려 할 거예요."

우리는 긴장한 얼굴로 조사관 말에 귀를 기울였다. 숨소리조차 내지 않고 조사관만 바라봤다.

조사관은 우리가 무엇을 궁금해하는지 다 알고 있는 듯했다. 나와 같은 처지가 꽤 많은 것 같았다. 그가 차근차근 서두르지 않고 말했다.

"회사가 어려워서 그냥 폐업해버릴 거라고 협박하는 경우도 많고요. 여기저기 고소당해서 줄 돈을 다 마련하기 어렵다고 사정하는 경우도 많아요. 회사가 살아야 급여 줄 수 있는 거라며 고소 취하 요구하거나 절반만 받고 합의하자는 경우들이 빈번하게 발생합니다."

아내가 궁금증을 참지 못했다.

"정말 폐업하거나 어려워서 못 주겠다고 하면 어떡해요?"

아내의 떨리는 목소리가 창피하지 않았다. 나도 묻고 싶은 두려움이었으니까. 조사관의 얼굴이 말을 꺼내기도 전에 이미 우리를 진정시켜주고 있었다.

"매출이나 규모상으론 절대 부도날 회사도 아니고 폐업할 회사도 아니에요. 그러니까 무슨 일이 있어도 전화받지 마세요. 종종 우리 말 안 듣고 합의해버리는 경우가 있는데요. 그럴 때면 우리도 힘 빠집니다. 저흰 노동자 편에서 죽어라 고용주에게 다 받아주려 하는데 말이죠. 합의하면 공권력이 더 개입할 수 없어요."

아내와 난 동시에 서로를 바라봤다. 지금까지 살아오면서 우리 편에서 싸워준 누군가가 없었다. 조사관은 같은 편이라 말하고 있었지만 이런 상황 자체가 낯설었다. '정말 다른 사람 일인데 끝까지 싸워줄까?'란 의구심이 일어나는 건 어쩌면 당연했다. 그뿐 아니라 싸워서 이겨본 적이 없었다. 지는 게 익숙한 우리인지라 확신에 찬 조사관의 말에도 막막함이 앞서는 건 어쩌면 당연했다.

아내가 과거를 더듬어보고 있음을 느낄 수 있었다. 나도 마찬가지였다.

'우리가 이겨본 적이 있었을까?'란 물음이 머리를 가득 채우며 각자의 과거를 돌아봤다.

어린 시절부터 패배에 익숙했다. 싸움을 잘하는 누군가의 괴

롭힘에 대항하면 더 큰 보복으로 돌아온다는 것을 학창 시절부터 몸소 체험했다. 폭력으로 친구들을 괴롭히던 아무개는 선생님에게 가벼운 훈계와 처분만 받았다. 그 뒤에는 어김없이 신고한 친구들에게 감당하기 힘든 폭력이 돌아왔다. 선생님의 탓만은 아니었다. 어른들이 세워놓은 사회는 언제나 강한 자들에게 관대하다는 걸 머리가 크면서 자연스럽게 알게 됐으니까. 용서에 중심을 둔 세상은 언제나 그들 편이었으니까.

사회에 나와서도 다르지 않았다. 아니, 오히려 더했다. 강자의 편에서만 존재하는, 절대적인 용서를 중심으로 이뤄진 세상이었으니까. 학창 시절에는 훈계와 가벼운 처벌이라도 있었다면 사회는 있는 자들에 대한 관용만 있을 뿐이었다.

몇천 원의 도둑질은 징역형을 받고 수백억의 횡령은 집행유예 아니면 벌금형이었다. 있는 자들에게 수천만 원의 벌금은 아무것도 아니다. 그저 아주 작은 대가만 지불하면 되는 것이었다.

한 번도 이겨본 적이 없는 삶을 살아왔다, 우리 부부는. 우리 부모들 역시.

과거를 떠올리다 보니 어느덧 하나의 기억을 동시에 떠올렸다. 내가 아내를 바라봤고 아내도 나를 바라봤다. 서로의 눈은 그날의 말도 안 되는 억울함을 담아내고 있었다.

결혼하고 얼마 되지 않았을 때였다. 아내가 유연이를 임신하고 입덧으로 고생하던 때기도 했다. 아내는 아무것도 먹지 못해 입원해야 했고 난 곁을 지키고 있었다. 첫애라서 무조건 크고 좋은 병원에 가야 하는 줄 알았다. 넉넉하지 않았지만 우리는 지역에서 가장 유명한 산부인과를 찾았다.

다인실에 입원했는데 어느 산모는 임신중독증이었고 어느 산모는 갑상선항진증이었다. 어느 산모는 아내와 같이 입덧으로 고생하고 있었고 어느 산모는 출산예정일에 맞춰 미리 준비하기 위해 입원해 있었다.

그중 출산을 앞두고, 설레는 마음을 안고 입원한 산모가 있었다. 남편과 함께 들어온 나이 지긋한 산모는 편안해 보였다. 쾌활한 성격으로 둘째를 임신 중이었고 임신이 낯선 예비 엄마들을 보며 자상하게 자신의 경험을 알려주며 위로해줬다. 산모는 숨도 겨우 쉬는 아내에게 다가와 염려를 덜어줬다.

"나도 그랬어. 근데 거짓말같이 하루아침에 입덧이 사라지더라고. 조금만 더 버텨."

넉넉한 웃음으로 확신을 주는 산모였다. 활기차게 돌아다니며 집에서 가져온 음식을 다른 산모들에게 나눠 주기도 했다.

짧은 시간을 입원한 산모는 다음 날 바로 출산을 위해 일찍 잠자리에 들려 했다. 의사가 회진을 돌며 산모에게 분명히 말했다.

"내일 출산은 큰 문제 없을 거 같네요. 제왕절개 하실 거죠?"

"네. 아무래도 이제 나이도 있고……."

"걱정 마세요. 아기도 건강하고 산모님도 건강하시니 잠깐이면 끝납니다."

왜 제왕절개를 선택했는지는 모르겠으나 의사는 확신에 찬 목소리로 말했다. 입원실에 있는 모두가 들은 말이었다.

이른 아침 출산을 앞둔 산모는 예비 엄마들에게 집에서 가져온 남은 음식을 나눠 줬다.

"난 이제 1인실로 옮기니까 이것들 나눠 먹어. 다들 순산하고."

침대에 누워 있는 산모들 한 명 한 명에게 인사를 건네며 두 발로 건강하게 걸어 나가던 모습이 아직도 눈에 훤했다.

나와 아내는 분명 산모가 건강한 아이를 낳을 거라며 부러워했다. "우린 언제 유연이를 볼 수 있을까?"라고 한탄하며 까마득한 출산일을 애타게 기다리고 있었다.

산모를 향한 부러움이 불과 몇 시간 만에 바뀌어버릴 거라고는 상상도 하지 못했다. 산모가 출산 도중 사망했다는 소식은 정확히 세 시간 만에 병원에 퍼져 나갔다. 헛소문이겠거니 서로 눈치를 보며 입원실을 지키던 산모들은 출산하던 산모 남편의 절규에 몸서리칠 수밖에 없었다. 산모들은 서둘러 퇴원 수속을 밟았다. 입덧은 안중에도 없어진 아내도 다급히 입원실을 빠져나갔다. 믿을 수 없는 사실에 우리는 한동안 말을 잃었다. 며칠이 지나고 뉴스에 출산하던 산모의 사망 사건 소식이 전해졌다.

그렇게 시간이 흘러 유연이가 첫돌을 맞이한 지 얼마 되지 않았을 때였다. 사망한 산모의 소식을 또다시 뉴스를 통해 확인할 수 있었다. 의사의 과실은 법원에서 밝혀지지 않았다. 산모의 노산이 원인이라 말하고 있었다. 의사는 합의를 통해 사회의 용서와 법의 관용을 받을 수 있었다. 의사의 수입에 비하면 아주 적은 대가만을 지불하고 선처된 것이다.

하지만 우리는 분명히 들었다.

"걱정 마세요. 아기도 건강하고 산모님도 건강하시니 잠깐이면 끝납니다."

아내와 나는 뉴스를 보며 아무 말도 하지 않았다. 그저 멍한 시선으로 받아들일 뿐이었다. 사회와 법은 우리와는 멀고 먼 그들만을 위한 것임을.

나중에 산후조리원 동기 엄마들에게 들을 수 있었다. 사망 사고를 낸 의사는 아직도 3층짜리 건물에서 산부인과를 하고 있다고…….

조사관은 우리가 아무 말도 하지 않자 다시 한번 호소하듯 말했다.

"노동법은 아주 엄합니다. 그러니까 절대 따로 합의서 써주시면 안 됩니다."

우리의 입은 쉽게 열리지 않았다.

이겨본 적 없는 사람에게 승리를 이야기해봤자 와닿지 않는다. 천국을 가보지 않은 사람에게 "천국은 고통 없는 사랑만 가득한 세상이다"라고 말하는 것과 같은 이치다. 경험해보지 못한 확신에는 불신이 따르기 마련이다. 더군다나 나와 직결된 문제일 땐 두려움도 동반한다.

이렇게 돌이켜보니 참 서글퍼졌다.

도대체…… 왜…… 난…… 한 번도 삶에서 이겨본 적이 없는 것일까?

나쁘게 살지 않았는데, 착실하게 살아왔는데. 법을 어긴 적도 없는데, 왜 나는 법을 어기고 부당하게 대우하는 사람들에게 이겨본 적이 없는 걸까?

우리의 염려는 예상보다 더 빨리 찾아왔다. 아내와 내가 서로 눈치 보며 말없이 기다린 지 이틀 만이었다.

퇴원 후 약속이라도 한 듯 노동청에서의 일은 말도 꺼내지 않았다. 초라해지기 싫었다. '어떡하지?'란 갈등으로 지극히 정상적인 일에 대한 근심을 비추기 싫었다. 임신한 아내에게 갈팡질팡하는 모습으로 고뇌하는 걸 정말 보여주기 싫었다.

애써 감정을 내비치지 않으려 해도 어쩔 수 없었다. 핸드폰으로 손이 갈 때면 자꾸만 아내의 눈이 날 향했다. 나는 황급히 핸드폰을 손에서 떼어냈고 아내는 못 본 척 외면하기 일쑤였다. 눈치 게임은 정확히 이틀 만에 끝났다. 역설적으로 이틀 만에 우린 속마음을 털어놓을 수밖에 없었다.

조사관의 말대로 예전 회사 번호로 전화가 왔다. 나는 침대에 누워 핸드폰을 바라봤다. 아내는 주방에서 서둘러 달려왔다. 그리고 침대에 앉아 울려대는 핸드폰과 나를 번갈아 바라봤다. 서로 말없이 전화벨 소리가 멈추길 가만히 기다렸다.

일 분 남짓한 시간이 길게만 느껴졌다. 아내도 그랬을 것이다. 각자 입술을 굳게 닫은 채 핸드폰을 보며 숨소리조차 내지 않왔다.

이윽고 핸드폰이 환한 빛을 꺼뜨리더니 잠에 빠졌다. 우린 꺼진 전화를 한참 동안 적막 속에서 바라보았다.

아내는 아무 일 없었다는 듯 다시 몸을 일으켰다. 그리고 애써 아무렇지 않은 척 말했다.

"사골 우려내고 있어. 오늘은 그거 먹자."

"어."

어색한 대화를 마치고 아내가 주방으로 나갔다. 천천히 전화기를 손에 쥐어봤다. 아내가 신경 쓰지 않도록 진동 모드로 설정을 바꿨다.

힘겹게 침대에 기댔다. 아내는 사골을 우려내다 말고 잠시 나갔다 오더니 엄청난 양의 마스크팩 포장 박스를 가져왔다. 홑몸도 아닌 아내는 끙끙거리며 현관과 밖을 몇 번이나 오갔다. 침대에 기댄 채 문밖에서 고군분투하는 아내를 쳐다봤다. 아내는 아랑곳하지 않고 자신의 키보다 높게 쌓인 마스크팩 포장 박스를 보며 숨을 고르고 있었다.

민망한 나는 살짝 목소리를 높였다.

"무슨 박스를 그렇게나 많이 가져왔어? 심심해서 하는 게 아니라 작정하고 일하는 거 같은데?"

아내는 주방으로 향하며 말했다.

"이 정도는 해줘야 운동이라도 되지. 추워서 운동도 못 하잖

아. 기다려. 유연이 오기 전에 빨리 밥 먹자."

나는 아무 말도 할 수 없었다.

침대에 작은 상이 올려졌다. 조촐한 식사를 불편한 마음으로 함께했다. 한창 영양분을 보충해야 할 아내는 나에게 맞춰 달랑 사골과 생선으로 한 끼를 대신하고 있었다. 급하게 밥을 비우는 아내에게 나지막하게 말했다.

"그거 가지고 되겠어? 자긴 2인분 먹어야 하잖아."

아내가 피식 웃었다.

"2인분 충분히 먹었거든?"

아내는 재빨리 침대 바닥으로 내려가 자리를 잡았다. 마스크팩 포장 박스를 하나 뜯어 안을 살펴봤다.

"한 박스에 꽤 많이 들었네."

대충 식사를 마친 이유를 그제야 알았다. 조금이라도 빨리 포장하려 했던 것이다. 나도 모르게 숟가락을 내려놓고 포장 박스를 들여다봤다. 엄청난 양이었다. 온종일 해도 한 박스를 포장하기 힘들 것 같았다.

한 장을 포장하는 데 10원을 준다 했다. 주먹이 쥐어졌다. 내가 너무 작아지고 있었다.

임신한 아내이자, 출산이 오늘내일인 엄마다. 콩딱이가 나올 걱정과 흥분 속에 복잡한 마음을 가지고 있어야 할 여자다. 그런 사람이 지금 한 장에 10원짜리 포장에 더 관심을 갖는다. '누구

때문일까?'란 한없이 한스러운 감정이 파도처럼 밀려왔다.

내 마음을 아는지 모르는지 아내는 포장을 위해 바삐 손을 움직였다. 나는 입술을 깨물었다. 마음을 진정시키고 같이하자고 말하며 밥상을 치워달라고 부탁하려는 찰나였다. 핸드폰 진동이 울렸다. 아내가 잠시 포장하던 손을 멈칫했다. 나는 핸드폰을 내려다봤다. 사장의 핸드폰 번호였다. 아내를 슬그머니 바라봤다. 아내는 포장을 이어가고 있었다. 여러 심정이 왔다 갔다 했다. 조사관의 말대로 기다려야 하는지, 아니면 전화를 받아 합의점을 찾아야 하는지에 대한 갈등이 커져갔다.

복잡한 마음은 의외로 쉽게 정리됐다. 아내가 포장하는 모습이 답을 말해주고 있었다. 다짐을 마치고 핸드폰으로 손을 가져갔다. 떨리는 손으로 전화를 받으려는 순간, 아내가 침착한 모습으로 포장하며 말했다.

"나, 한 번쯤은 이겨보고 싶다."

뜬금없이 터져 나온 말에 전화를 받으려던 손이 멈춰졌다. 아내는 흐트러짐 없이 신중히 포장하며 평온하게 말을 이었다.

"당신이나 나나 잘못한 거 없잖아, 안 그래?"

"……."

"조사관님 말대로 우리 기다려보자."

차분한 아내의 음성은 날 설득시키기 충분했다. 하지만 아내를 담아내는 내 두 눈은 절대 용납하지 않는다고 말하고 있었다.

만삭인 아내가 생계를 위해 10원짜리 포장 일을 하고 있는 고

달픈 삶. 어느 누가 보더라도 말도 안 되는 상황이 바로 내 눈앞에서 펼쳐지고 있었다.

나는 구슬픈 목소리로 말했다.

"받는다 하더라도 시간 오래 걸릴 거야."

핸드폰이 잠시 진동을 멈췄다. 고요함은 오래가지 않았다. 잠시 잠들었던 핸드폰은 또다시 사장의 독촉에 깨어났다. 아내가 포장한 마스크팩을 나도 모르게 내려다봤다. 석 장의 포장이 마무리되어 있었다. 30원의 수입을 올린 것이다. 아내는 손을 쉬지 않고 말했다.

"매일 밤늦게까지 일하고 들어오는 당신이었어. 대충 참치 캔에 밥 비벼 먹고 또다시 대리 뛰겠다며 나가던 당신이었다고."

난 대수롭지 않게 말했다.

"그게 뭐 어때서? 내가 해야 할 일인데."

"단 한 번이라도 제대로 된 대접 받은 적이 있었나? 회사에서 초과수당 한 번이라도 챙겨준 적 있어? 술 취한 사람들 비위 맞추며 집까지 데려다주고 제대로 대리비 받아본 적 몇 번이나 있어?"

"……."

"회사가 어렵다, 잔돈이 없으니 이것만 받아가라는 소리 들으며 일했던 당신이야. 잠도 못 자고 일하면서도, 당신 입에서는 항상 어떤 말이 나왔는지 알아?"

아내의 눈이 말을 잇는 도중 빨개졌다. 이윽고 목소리가 떨려왔고 슬픔이 뺨을 타고 흘러내렸다. 나는 다음 말을 듣기 싫었다. 어떤 말이 나올지 알고 있었다. 손이 귀를 막는 것을 대신해 입이 아내를 막아섰다.

"그만해."

입막음을 위한 부탁은 철저하게 무시당했다. 아내는 포장을 이어가며 입을 열었다. 눈물로 범벅된 아내의 얼굴은 잔인한 입을 대신해 사랑한다 말하고 있었다. 끝내 가슴 찢어지는 말이 내 귓가로 흘러들어왔다.

"고맙……습니다."

복받치는 오열을 참을 수 없었다. 사실이었다. 나는 늘 허리를 숙여 "고맙습니다"라고 말했다. 야근수당을 못 받아도, 월급이 밀려도, 반말로 대리비가 깎여도 나는 그저 "고맙습니다"라고 말했다.

참아야 했건만, 이놈의 나약한 가슴이 못내 눈물을 흘리고 지지리도 비겁한 입은 흐느낌을 토해냈다.

아내는 그런 나에게 나약하고 비겁하지 않다며 변호해주려 했다.

"알아. 다 우리를 위해서 그랬다는 거. 근데, 근데 말이지…….
유연 아빠……."

감당하기 힘든 슬픔에 아내의 말문이 막혔다. 나는 끈기 있게 기다렸다. 이미 터진 모든 것들을 주워 담기보다 쏟아내길 바라고 있었다. 그것만이 내가 해줄 수 있는 배려였다.

"유연 아빠……, 그거 보는 난…… 정말 죽고 싶을 만큼 아
파……. 심장이 갈기갈기 찢어지고, 너무 슬퍼서 제정신으로 버
티기 힘들어."

"……."

"우리가 거창한 대접 해달라는 것도 아니었잖아."

"……."

"일한 만큼은 줘야 하는 거잖아."

"……."

"최소한 도리는 지키는 게 맞는 거잖아."

"……."

"베풀어달라는 것도 아니잖아. 하는 만큼만 달라는 거잖아. 그
래야 하잖아. 그래야 맞는 거잖아. 우리 그렇게 배웠잖아. 우린
그렇게 살아왔잖아."

내 입술은 끝내 열리지 않았다. 아내의 말이 구구절절 다 옳았
으니까. 내가 뱉을 그 어떤 말도 그저 억지스러운 대꾸가 될 뿐
이란 걸 잘 알고 있었으니까.

아내는 마지막으로 단 하나만을 절절히 부탁했다. 마스크팩
포장지를 사정없이 흔들어 보이며 애원하고 애원했다.

"전화받지 마. 우리도 최소한 한 번만이라도 우리 것 돌려받
아보자. 시간이 걸려도 상관없으니까. 그동안 내가 어떻게든 이
거 밤새워서라도 하면서 버텨볼 테니까. 우리 콩딱이도 이해해
줄 테니까. 제발……."

"……."

"여보…… 제발……."

"……."

"정말 부탁할게. 여보…… 제발 전화, 받, 지, 마."

내 입이 힘겹게 열렸다.

"그래도 되겠어?"

아내가 적극적으로 고개를 끄덕였다.

"더는 지기 싫어. 그런 사람들한테 고개 숙이는 것도 싫어."

내 입이 떨려왔다.

"더 기다릴 수 있겠어?"

아내가 내 옆으로 다가왔다. 따뜻한 아내의 품이 나를 감싸 안았다.

"응. 그러니까. 단 한 번도 이겨본 적 없는 나랑, 유연이랑, 우리 엄마 아빠 그리고 어머님까지…… 당신이 이기게 해줘."

4··3
우리

　부부는 하루 종일 오후 다섯시를 기다렸다. 말은 안 했지만 둘
은 몇 번이고 시계를 바라봤다. 그사이 유연이가 어린이집에서
돌아왔다. 유연이가 누워 있는 아빠에게 다가와 "아빠, 아직도
아파?"라고 물었다.

　유연 아빠가 힘 있게 물었다.

　"우리 유연이 먹고 싶은 거 있어?"

　유연이가 어리둥절한 얼굴로 아빠를 바라봤다. 그는 대답이
들려오지 않자 또 물었다.

　"그럼 가지고 싶은 건?"

　유연이의 표정이 밝아졌다. 단번에 대답이 들려왔다.

　"주주 인형!"

유연 아빠가 자신 있게 말했다.

"사줄게. 조금만 기다려."

"언제?"

"다섯시 넘으면 바로 사줄게."

유연이가 시계를 바라봤다.

"다섯시면 언제야?"

유연 엄마가 나섰다. 시계를 가리키며 친절하게 설명했다.

"저 짧은바늘이 숫자 5에 가면 그게 바로 다섯시야."

세 식구는 모두 시곗바늘을 보는 데 집중했다. 각자의 소원을 머리에 그리며 시간이 가길 애타게 기다렸다.

드디어 시계가 다섯시를 알렸다. 유연이가 소리치며 아빠를 돌아봤다.

"다섯시다!"

유연 엄마가 핸드폰을 열어 은행 계좌에 들어갔다. 유연 아빠가 유연이를 쓰다듬으며 초조하게 그녀를 응시했다. 그녀의 손은 빨랐다. 신중하게 핸드폰 화면을 바라보던 그녀의 입이 나지막하게 숫자를 웅얼거렸다.

"일, 십, 백, 천, 만, 십만, 백만……."

유연 아빠가 침을 한 번 꿀꺽 넘겼다. 점점 유연 엄마의 눈이 동그랗게 변했다. 마지막 말을 내뱉으며 유연이와 그에게 믿을 수 없다는 표정을 보였다.

"천……만. 여보, 2천7백만 원 들어왔어."

유연 아빠가 놀라며 물었다.

"2천……7백? 월급보다 많이?"

"야근수당까지 들어온 건가 봐."

유연 아빠가 빠르게 머리를 굴려봤다.

"그런가 보네. 얼추 야근했던 시간이랑 맞는 거 같아."

유연 엄마가 환호성을 질렀다. 유연 아빠가 유연이를 꼭 껴안았다.

"유연아! 또 가지고 싶은 거 없어?"

"또?"

"그래! 엄마랑 아빠가 사줄게."

선물 보따리를 받은 유연이가 선물을 꼭 껴안은 채 깊은 잠에 빠졌다. 부부 틈에서 잠든 유연이 얼굴에 미소가 한가득 피어올랐다. 부부는 멍하니 천장을 보며 유연이의 숨소리가 들릴 때까지 기다렸다. 각자 들어온 급여를 어떻게 나눠 써야 할지 고민하고 있었다.

완전히 잠든 유연이의 숨이 거칠어졌다. 유연 아빠가 먼저 입을 열었다.

"장모님께 빌린 돈 내일 당장 입금시켜드려."

"시숙님께도 입금시켜드리자."

"당신도 이제 마음 놓고 콩딱이 낳아. 산후조리원도 늦었지만 바로 예약하고."

"그럼 돈 별로 안 남는데?"

"걱정하지 마. 바로 일하는데 뭐가 걱정이야?"

유연 엄마가 돌아누워 유연이와 유연 아빠를 번갈아 보며 말했다.

"고마워."

유연 아빠가 고개를 돌려 유연 엄마를 바라봤다.

"뭐가? 가장이니까 당연한 거지. 아! 그리고 월급 받아준 조사관님 따로 찾아뵙고 작은 거라도 선물 하나 하자."

"그래, 그러자. 근데 내가 고마운 건 월급 받아서가 아니야."

"그럼?"

유연 엄마가 살며시 일어나 유연 아빠의 이마에 입을 맞췄다. 그가 가만히 누워 올려다봤다. 그녀의 눈은 감사한 마음으로 가득했다.

"두려웠을 거 아니야. 안 주면 어쩌나 초조했을 거 아니야."

유연 아빠가 며칠 사이 힘들었던 시간을 돌아봤다. 유연 엄마가 알아주니 다행이라 생각했다. 그녀는 응원과 감사의 말을 멈추지 않았다.

"수십 통의 전화, 받지 않아서 고마워. 그리고…….."

"그리고?"

"처음으로 이기게 해줘서 정말 고마워."

유연 아빠가 수줍은 비밀을 꺼냈다.

"고마워."

유연 엄마가 물었다.

"뭐가?"

유연 아빠가 조심스럽게 손을 뻗었다. 유연 엄마의 얼굴을 천천히 자신의 얼굴 가까이로 가져와 입을 맞췄다. 아름다운 과정을 마친 그가 그녀의 귀에 속삭였다.

"두려움과 맞설 수 있게 해줘서. 내가 이길 수 있는 용기를 줘서."

둘은 함께 웃었다.

잠든 유연이도 행복한 꿈을 꾸는지 깨르르 웃었다.

5‥1
아내

우리에게 허락되지 않을 것 같던 평온이 찾아온 지 일주일 만이었다.

한 통의 전화에 살이 떨려왔고 정신이 까마득해졌다.

가슴속의 모든 것들이 쏟아져 내리는 순간을 맞이하고야 말았다.

남편이 목발로나마 집 밖으로 나와 어린이집 차량을 같이 기다려주던 어느 날이었다. 공기는 차가웠지만 내리쬐는 햇살이 따뜻한 온기를 전해주던 날이기도 했다. 어린이집 차량을 보내고 함께 마트로 향하며 도란도란 대화를 나누고 있었다. 남편은 빙판길을 조심하며 밝은 목소리로 말했다.

"의사가 말한 것보다 회복이 빠른 것 같지 않아? 보름은 더 누워 있어야 한댔는데 전혀 불편하지 않아."

"그래도 조심은 해야지."

"일주일만 더 지나면 일해도 될 것 같은데?"

"이 정도 움직이는 걸로 만족하고 온전히 회복할 때까지 가만히 있어."

남편의 마음은 벌써 새로운 회사로 향해 있었다. 며칠 전 취직이 된 회사에서 전화가 걸려 왔다. 몸은 어떠냐는 안부 인사를 하며, 확실히 두 달 후에는 출근할 수 있느냐고 물었다. 남편은 그 말에 들떠서 가능하다 했고, 한동안 통화를 하더니 끊자마자 내게 소리쳤다. 바로 옆에서 마스크팩을 포장하며 다 듣고 있는 걸 알면서도 말이다.

"계속 일이 바쁜가 봐. 출근 꼭 해달라고 하네."

"그렇게도 좋아?"

"그럼 좋지! 회사가 꽤 규모도 크고 생긴 지도 오래돼서 탄탄하잖아. 직장 옮겨 다닐 걱정은 없으니 다행이지."

"하긴 나도 솔직히 마음은 놓인다."

남편은 콧노래까지 흥얼거리며 포장해나갔다. 모든 일이 술술 풀리고 있는 듯했다. 남들처럼 살 수 있는 힘이 생기는 나날이었다. 생활고를 느끼지 않는다는 사실만으로 마음이 깃털처럼 가벼웠다.

그렇게 생각하면 오늘은 운수가 좋은 날이라고 해야 하는 걸까?

남편과 마트로 향하던 도중 걸려 온 전화에 남들은 기뻐했으려나?

우리가 너무 소심하고 겁이 많은 걸까?

마트에 거의 다다랐을 때 내 전화에 전해진 음성은 다름 아닌 남편 교통사고를 담당하는 형사였다. 나도 모르게 걸음을 멈췄다. 남편이 덩달아 멈춰 서더니 목발에 의지한 채 멍하니 있었다. 굳어지는 표정을 감출 수 없었다. 가만히 형사의 얘기를 들었다. 남편은 "무슨 일이야?"라고 물었고 내 대답이 들려오지 않자 "누군데 그래?"라고 또 물어왔다. 난 "네. 네"만을 반복하며 통화를 이어갔다. 남편은 내게서 답이 없자 포기한 채 전화가 끊어지기만을 기다렸다.

"근처 아파트 CCTV 돌려보다가 두 번째 사고 나신 차량 화면을 확보했어요. 어제저녁에 차량 소유주한테 연락했더니 곧장 경찰서로 오셔서, 밤새 조사받고 있거든요. 모두 시인하시더라고요. 그쪽에선 합의를 원하던데 거북하지 않으시면 만나보실 수 있으신가 해서요. 오늘이라도 당장 괜찮다고 하네요."

"다시 바로 연락드릴게요."

"예. 합의 보실 거면 지금 바로 경찰서로 오셔도 상관없어요. 이쪽도 여기에서 보는 거 괜찮다고 하니까 연락 주세요. 합의는 경찰이 종용하거나 개입하면 안 되지만 지켜보는 건 상관없어요. 우리가 있을 때 합의 보시는 편이 더 이로울 거예요. 가해자

쪽은 압박이 될 수 있을 테니까요."

난 전화를 끊자마자 남편을 바라봤다. 남편은 참지 못하고 물었다.

"전화를 왜 그렇게 심각하게 받아?"

"당신 교통사고 낸 사람 잡혔대."

남편의 눈이 휘둥그레졌다.

"첫 번째, 두 번째?"

남편의 말이 서럽게 들려왔다. 잊고 있었다, 두 번이나 사고가 났다는 걸. 잠시 감당할 수 없는 많은 일들에 8주 사이 두 번씩이나 큰 사고를 당했다는 걸 망각했다.

나는 서러움을 감추고 말했다.

"두 번째."

"그래서?"

"합의하고 싶어 한대."

"잡히니까? 이제 와서?"

남편은 흥분하며 물었다. 나는 고개를 끄덕였다. 어이없다는 듯 허공을 바라보며 숨을 내쉰 남편이 말했다.

"지금까지 자수도 안 하고 뭐 했던 거야? 쓰레기 자식 아니야?"

"그렇긴 한데 어떻게 할까? 어차피 합의 안 해도 자동차 보험회사에선 다 해줄 거 아니야."

남편은 곰곰이 생각에 잠겼다. 난 남편의 의견에 무조건 동의할 것을 다짐했다. 가장 힘들었을 사람은 남편이니까. 처벌을 원하든 합의를 하든 그것으로 조금이라도 남편의 기분이 풀렸으면 좋겠다는 생각뿐이었다.

남편이 심각하게 고민하더니 입을 열었다.

"음주 운전이면 보험회사에서 보상 안 해주지 않나?"

"잘 모르겠어."

"그럴 거야."

남편은 다시 깊은 갈등에 직면했다. 나는 남편의 입에서 무슨 말이 나올지 짐작할 수 있었다. 아마도 갈등보다는 끓어오르는 화를 잠재우기 위한 시간이 필요했을 것이다. 얌전히 기다렸다. 어떤 말인지 예측했기에 경찰서에 가기 위해 장보기를 단념했다.

남편은 예상대로 말했다.

"합의해야지. 보험금이 안 나올 수도 있는데 합의라도 해야지. 그게 우리에겐 더 이롭잖아, 합리적이고."

난 남편에게 말하고 싶었다.

'감옥 보내고 싶으면 보내버려. 돈 따위 필요 없으니까. 그렇게라도 복수하고 싶으면 해도 상관없어.'

입이 열리지 않은 이유는 합의금이 아까워서가 아니다. 남편의 선택이 무엇을 의미하는지 알고 있었기 때문이다. 어차피 우리가 원하는 처벌 수위에는 못 미칠 것이다. 합의금도 우리가 원하는 만큼은 아닐 것이다. 우리가 원하는 만큼의 결과는 단 한 번도 얻어본 적이 없기에 선택은 빨랐고 남편의 의견을 예상할 수 있었기에 말을 꺼내지 않았다.

결과의 만족을 얻을 수 없는 우리에게 묻어버리는 일은 익숙했다. 그랬을 때 경제적 이익이라도 취하는 편이 현명한 방법이라는 걸 삶을 통해 배워왔다.

나는 말없이 남편과 택시를 잡기 위해 도로를 향해 걸어갔다.

택시를 잡으려 하자 남편은 조금만 더 걷자고 했다. 나도 모르게 깁스한 다리를 내려다봤다. 만류하지는 않았다. 내가 먼저 조금 앞서 걷자 남편이 따라왔다. 찬 바람이 불어오지 않아 두꺼운 기능성 솜을 가득 담은 점퍼 안에서 열기가 올라왔다. 집 앞을 나갈 거라 여기고 대충 신고 나온 낡은 운동화도 따뜻했다. 한동안 그렇게 걸었다. 각자 착잡한 마음을 안고 발걸음을 옮겼다. 이유는 모르겠지만 손이 떨려왔다. 춥지 않은 날씨인데도 손은 가슴과 같은 증상을 보이고 있었다. 경련을 일으키는 손을 점퍼 안으로 숨기고 남편을 힐끗 바라봤다. 내 손과 같은 증상이 눈에서 나타나고 있었다. 아마도 초점 없이 흔들리는 눈동자는 마음을 대변하고 있을 것이다.

한동안 걷기만 하며 가슴을 진정시키려 했다. 겉으로 표현되는 손과 눈의 반응을 서둘러 감춰버리고 싶었기에 누구도 입을 열지 않았다.

버스 정류장을 두 번째 지나치고 있을 때였다. 몸에서 땀이 흘러내렸다. 남편의 숨이 살짝 거칠어졌다. 나는 걸음을 멈췄다. 남편도 목발을 더 이상 바삐 움직이지 않았다. 내가 멀리 시선을

두고 다가오는 택시를 잡았다. 멈춰 선 택시 뒷문을 열었고 남편
은 아무런 불평 없이 올라탔다.

택시를 타서도 내 손은 진정되지 않았다. 히터 바람에 차 안이
따뜻했다. 점퍼 안에서 숨죽이고 있는 손은 땀으로 가득했다. 내
가 손을 꺼내놓을 수 없듯 남편도 마찬가지였다. 차창으로 눈을
두고는 나를 피하고 있었다. 어차피 진정되지 않을 거라면 털어
놓는 편이 좋겠다 싶었다. 내가 먼저 말을 꺼냈다.

"무슨 말 하지?"

남편의 얼굴에는 변화가 없었다. 단, 기다렸다는 듯 즉각 대답
이 전해졌다.

"글쎄……."

말끝을 흐리는 남편의 심정이 나와 같다는 걸 알 수 있었다.

"큰소리쳐야 하나?"

근심이 가득한 갈등의 물음을 남편에게 던졌다.

"우리가 피해잔데 그래야지."

당연하다고 남편이 답했다. 하지만 남편의 음성에는 당당함
이 묻어 나오지 않았다.

"한 번도 이런 적 없지?"

궁금했다. 누군가에게 큰소리치며 훈계를 했던 기억이 나에
게는 전혀 있지 않았다. 혹시 남편에겐 있지 않을까? 누구나 화
를 내본 적이 있으니 말이다.

"엄마한테 그랬던 기억이 있긴 한데······."

"그런 건 나도 있어. 당신도 없는 거야?"

"그런 것 같아."

자신 없는 남편의 말에 나는 고개를 푹 숙였다. 둘 다 남을 탓해본 적이라고는 정치인을 욕하거나 부모님께 대들거나 뒷담화를 한 것밖에 기억나지 않았다. 다른 누군가 앞에서 호통을 치거나 비난해본 경험이 없었다. 또한, 분명 사과를 받으러 가는 길이건만 낯설었다. 사과를 하는 일에 더 익숙했다. 그런 우리에게 을의 입장이 아닌 갑이란 입장은 어색하고 맞지 않은 옷과 같았다.

그뿐 아니라 돈을 달라는 말도 민망했다. 법이 허용하는 자연스러운 요구인데도 뭔가 꺼림칙한 마음이 한편에 자리 잡았다. '이런 요구가 뻔뻔함으로 보이면 어쩌지?'란 염려가 앞서기도 했다.

두려움도 앞섰다. 사람을 치고 구급차도 부르지 않은 사람이었다. 그런 사람을 만나러 간다는 건 TV에서나 보던 악질 범죄자를 직접 대면하는 일과 같았다. 남편도 긴장했는지 몸이 뻣뻣해져 있었다. 내가 친근하게 남편을 불렀다.

"여보."

부드러운 음성이 들려오자 그제야 흔들리는 눈빛이 날 향했다.

"응?"

"어떤 생각 하는지 알 것 같아."

"나도 당신이 어떤 마음인지 알 것 같아."

남편과 나는 이미 교감하고 있었다. 말하지 않아도 하나로 연결된 우리였다. 침묵 속에 수많은 대화가 오갔던 것이다. 꼭 부부가 아니더라도 평범한 아무개들도 비슷하지 않을까? 우리와 같은 상황이라면 하나같이 비슷한 생각의 소용돌이를 마주하지 않았을까?

같은 마음을 안고 있다는 걸 확인하자 편안함이 찾아왔다. 나와 남편에게 우린 겁쟁이가 아니라 말해주고 싶어 용기를 냈다.

"그런데 우린 이런 고민을 할 수밖에 없어."

"왜일까?"

남편은 천천히 물었지만 난 다급한 말투로 전했다.

"착하게 살아왔으니까."

남편이 되물었다.

"착하게?"

난 긍정을 부여하기 위해 최선을 다해 설명했다.

"응. 착하게 살아와서야. 남을 다치게 하지도 않고 다른 사람의 잘못도 웃고 넘어갔잖아."

남편은 내 말을 열심히 들어줬다. 고개까지 끄덕이며 들어주니 난 신이 나서 계속 떠들었다.

"누군가에게 돈을 요구해본 적도 없고 잘잘못을 따지기 위해 화를 내본 적도 없잖아. 범죄자를 만난 일도 없었고 나쁜 짓을 해본 적도 없잖아."

남편의 얼굴에 조금씩 온기가 돌았다. 눈은 초점을 찾아갔다. 또렷하게 날 바라보며 이야기에 집중했다.

"착하게 살아와서 지금까지 이런 상황을 경험하지 못했던 거야. 그건 초라한 거 아니야. 사회에 경험이 부족한 것도 아니고 미숙한 것도 아니야. 착하게 살았기 때문에 알 필요가 없었던 것뿐이야."

남편이 말했다.

"맞아. 우리가 착하게 살았기 때문이야. 어수룩한 게 아니야."

경찰에게 전화가 온 뒤 처음으로 남편의 말에 확신이 가득 묻어 나왔다.

우리가 친구들과 가끔 부부 동반으로 모일 때면 "그게 뭔데?"라는 말을 자주 했다. 정치적인 부분이나 사회적인 문제들에 대한 열띤 토론을 주제로 할 때면 늘 듣기만 했다. 친구들이 "어떻게 생각해?"라고 물을 때면 우리는 "잘 모르겠다"는 말을 주로 하곤 했다.

친구들은 관심 좀 가지라고 무안을 주기 일쑤였다. 그것도 모르냐며 탓하기도 했다. 남편과 나는 멋쩍은 얼굴로 머리를 긁적이기만 했다.

면박을 주던 그들에게 말하고 싶었다.

우린 남의 돈을 횡령해본 적이 단 한 번도 없다고. 그래서 횡령이라는 게 그렇게 큰 죄인지도 모르고 살아왔다고.

정치인들의 정책들은 다 옳은 줄 알았다고. 어려운 우리가 어려운 이웃을 위해 매달 만 원의 돈을 기부하는 것처럼 다 그런 줄 알았다고. 그들도 우리가 생각하는 것처럼 진정 사람들을 위한 정책을 펼치는 줄 굳게 믿고 있었다고.

그리고 이렇게 묻고 싶었다.

사람을 믿은 우리가 비난받아야 할 일이 무어냐고. 믿었던 사람들을 배반한 그들이 잘못한 거 아니냐고. 초등학교 때 배운 그대로를 실천한 우리가 무슨 잘못을 했기에 면박당해야 하냐고. 착하게 살라고 배워서 그렇게 살아온 게 잘못이냐고. 세상엔 착한 사람들이 더 많다고 여기며 살아왔단 이유로 세상 물정 모르는 바보라 불려야 하는 거냐고. 이용당한 나와 남편의 잘못이 아닌 이용한 그들의 잘못이 아니냐고.

타락한 세상을 주의 깊게 살피고 감시해야 한다고? 그래서 죽어라 벌어서 세금을 내지 않느냐고. 판사에게 세금을 주고 검사에게 세금을 주고 경찰에게 세금을 주며 나쁜 이들을 우리 대신 잡고 심판할 권리를 준 게 아니냐고.

그렇지 않은 세상이라면 세금은 왜 내냐고. 우리를 지켜주지 않을 거면 나라에 돈을 줘야 하는 이유는 무엇이냐고. 정의를 지키고 나를 악에서 보호해달라며 헌납했으면 그에 합당한 일을 해야 하는 건 그들이 아니냐고. 난 그저 착하게 살아가면서 그들에게 보호받아야 하는 게 정상 아니냐고.

착하게 살아서 모르는 게 죄인 세상인가? 무식해지는 세상이

온 건가? 초라해지는 세상이 온 건가?

착하게 살아서 범죄자를 보는 일이 껄끄러우면 겁이 많은 나약한 사람인가? 마주했을 때 어떻게 할지 몰라 버벅거리면 어리숙한 어른으로 치부되어야 하는 건가?

과연 누가 잘못된 걸까?

정말 착하게 살아가면 바보가 되는 시대가 찾아온 걸까?

그렇다면 내가 배워온 것들은 대체 뭐가 되는 거지?

경찰서 앞에 도착했지만 발이 떨어지지 않았다. 두 번이나 와본 곳이기에 익숙했다. 큰 문을 지나쳐 건물 안으로 들어가 신분증을 보여주고 오른쪽 코너로 돌아가기만 하면 됐다. 기다란 복도가 나오면 세 번째 왼쪽 문을 열면 그만이었다.

남편도 우두커니 서서 경찰서 건물을 바라보기만 했다. '어디야?'라는 말을 먼저 꺼내주길 바랐다. 그럼 마지못해 걸음을 옮길 수 있을 것 같았다. 남편은 경찰서를 보고 있던 눈을 나에게 향했다. 시선을 느낀 내가 고개를 돌려 눈을 마주했다.

"들어갈까?"

남편은 '어디야?'란 물음이 아닌 나에게 허락을 구하는 것으로 대신했다.

"어쩔 거야?"

덤덤함 대신 초조함을 뱉어냈다. 남편이 피식 웃었다.

"들으면 화낼 텐데."

"말해봐."

"화 안 낼 거야?"

"안 낼게."

남편이 심각한 내 표정에 농담을 던졌다.

"에이, 화낼 것 같은데?"

무거운 상황을 가볍게 만드는 남편에게 발끈했다.

"답답하게 하지 말고 말해!"

언성이 높아졌다. 남편은 씩씩거리는 날 달래는 걸 포기했는지 콩딱이를 내려다봤다.

"우리 콩딱이 놀랐겠다."

나는 어물쩍 넘어가려는 남편을 그냥 두지 않았다.

"말 돌리지 말고, 어쩔 건데?"

남편은 여전히 콩딱이에게 대화를 시도했다. 직접 말할 용기가 없던 것이다. 난 재촉보단 기다림을 택했다. 목발에 의지한 채 힘겹게 고개 숙이고 있는 남편을 지켜보기로 결정했다.

"아빠가 어떤 아빠였으면 좋겠어?"

아무런 반응 없이 콩딱이가 아빠의 말을 듣고 있었다.

"잘못한 사람에게 막 화내는 아빠였으면 좋겠어?"

아무런 반응 없이 콩딱이가 아빠의 다음 질문을 기다렸다.

"잘못한 사람에게 마구 욕하는 아빠였으면 좋겠어?"

아무런 반응 없이 콩딱이가 대답을 요구하는 아빠를 피하려 했다.

"아니면 잘못한 사람을 용서하지 않는 아빠였으면 좋겠어?"

여러 번의 질문에도 콩딱이는 반응하지 않았다. 마지못해 콩딱이를 대신해 내가 조심스럽게 입을 열었다.

"아니."

남편은 천연덕스럽게 계속 콩딱이에게 물었다.

"그럼? 아빠가 어떤 아빠였으면 좋겠어?"

난 콩딱이를 대신해 대답했다.

"좋은 아빠."

남편이 희미한 미소와 함께 떨리는 목소리로 다정하게 말했다.

"우리 콩딱이에게 좋은 아빠가 되려면 어떻게 해야 할까?"

어떻게 해야 하지? 좋은 아빠가 되기 위해선 어떻게 해야 할까? 나도 콩딱이도 잘 모르는 문제였다. 아니, 알면서도 말하지 않았다. 억울했다. 착실하게 답하던 입은 굳게 닫혔다. 남편이 가만히 답을 내려줬다.

"용서……."

용서란 말이 새어 나왔다. 난 두 눈을 질끈 감았다. 남편은 고개를 조금 더 가까이 콩딱이에게 향하고는 나오지 않는 말을 겨우 이어갔다.

"용서……해야겠지? 좋은 아빠가 되기 위해선?"

결국, 용서해야만 했다. 아무런 힘이 없기에, 용서하고 싶지 않지만 언제나 용서해야만 하는 상황으로 내몰리는 우리. 남편은 그래왔던 것처럼 억울하지만 용서하는 길을 택했던 것이다.

싸울 만한 어떤 여건도 없었기에 선택의 여지는 오직 용서뿐이었다. 남편은 스스로에게 정당성을 부여하려 했다, 좋은 아빠가 되기 위해서라는. 난 마지막 자존심을 지켜줄 수 밖에 없었다.

나도 모르게 흘러내리는 눈물을 훔쳤다.

"응. 좋은 아빠가 되기 위해선 용서해야지."

남편은 원하는 대답을 듣고도 한동안 얼굴을 들지 못했다. 차갑지만 맑은 날씨 탓에 아스팔트로 떨어지는 남편의 눈물 자국이 선명하게 남아버렸다. 얼마나 슬픔을 꾸역꾸역 삼켜버린 후였을까? 남편이 눈물을 걷어낸 채 나를 보며 웃었다.

"그러는 게 좋겠지? 착한 아빠, 좋은 아빠가 되기 위해선."

"그렇게 배워왔잖아, 어렸을 때부터."

"그렇지? 배운 대로 해야겠지?"

"그렇게 살아왔잖아, 어렸을 때부터."

"그렇지? 사람이 변하면 빨리 죽는다니까."

남편의 억지스러운 유머에 눈물을 훔치는 일을 포기했다.

"그래. 사람이 변하면 빨리 죽는다니까."

내가 유머를 받아치자 남편도 웃음을 동반한 눈물을 흘렸다.

"어쩔 수 없잖아. 미안한데, 이번에도 용서해야 할 거 같아."

미안하다 말했다. 정작 미안한 건 나였는데 말이다. 남편이 용서한다 말하지 않았다면 조사실 문을 열기 전 내가 먼저 얘기했을 것이다. 용서하자고. 콩딱이를 위해서 험한 말 오가는 일 따위는 만들지 말자며, 용서하자 했을 것이다. 남편이 완강하게 나온다면 그래봤자 이미 벌어진 일이니 용서하고 합의금이나 받자고 말했을 것이다. 그래도 남편이 끝까지 반대한다면 우리의 선처에 자식들이 복을 받을 거라며 용서하자 타일렀을 것이다.

화내는 일보단 용서하는 편이 그나마 조사실 문을 열고 들어가기 수월했을 테니까. 그게 우리에게 더 어울리는 모습이니까.

나도 이런 미안함을 전했다.

"미안해. 화내주지 못해서."

남편은 미안한 마음을 거부했다.

"원래 그래야 하는 거야. 용서하는 게 맞는 거야."

내가 입술을 깨물었다. 흐느낌을 참아야 했다. 그러지 않으면 너무 비참해질 것 같았다. 남편은 서둘러 목발을 잡은 손에 힘을 주며 날 피했다.

"어디야?"

그제야 내가 바랐던 말이 남편에게서 흘러나왔다. 나는 말없이 앞장서서 걸었다.

성경이란 신의 계시와 말씀이 들어 있는 책에서 그랬다고 했던가?

용서하라고.

성경에 기록된 신이 알려준 기도에도 나온다고 했던가?

용서하라고.

우린 성경을 읽지도 않았고 신자도 아닌데 이미 용서하며 살아가고 있었다.

　그럼 우리도 천국에 가려나? 그곳은 정말 사랑만 가득한 세상이려나?

　그랬으면 좋겠다. 용서할 일이 없는 세상이었으면 좋겠다.

　근데 신은 왜 자기를 믿고 따르는 자에게만 약속의 땅에 살 권리를 준 것일까? 당신이 만들었다고 주장하는 이 땅도 천국처럼 만들어주면 얼마나 좋았을까? 결국 신도 자신을 믿고 따르는 자가 아니면 용서하지 않는 것일까?

　문득 궁금해졌다. 벌을 내리고 영원히 지옥에 가둬버리는 신이 과연 용서를 말할 자격이 있는 것인지. 우리도 신처럼 그들을 벌할 절대 능력을 가졌더라면, 누구도 우리를 벌하지 못할 권능을 가졌더라면 지옥을 만들어 벌했을지.

　아닐 것이다. 차라리 온 세상을 천국으로 만들었을 것이다, 미워하지 않게. 미워하는 일이 얼마나 힘든 줄 알기 때문에 그랬을 것이다.

　이런 신조차 용서하겠다. 원망해봤자 달라지는 건 아무것도 없으니까. 달라지지 않는다면 마음이라도 편해야겠다. 그래야 지워버릴 수 있으니. 용서하지 않으면 감정이 남아버리니까. 남겨지면 응어리지니까. 그냥 잊을 수 있게 용서도 원망도 미움도 다 떠나보내련다.

　조사실 문을 열고 들어갔다. 제일 먼저 날 만났던 담당 형사가 눈에 들어왔다. 이내 앞에 앉아 조사를 받는 오십대 중반의 남성을 바라봤다. 남편은 내가 시선을 둔 곳으로 고개를 돌렸다. 우린 그 자리에서 온몸이 굳어버렸다. 험악한 누군가일 줄 알았다. 평범한 우리와는 다를 거라 생각했다. 하지만 앞에 앉아 있는 남자는 누구보다 평범했다. 우리같이 두꺼운 싸구려 점퍼를 입고 있었다. 낡은 운동화에 누군가의 가장으로 살아온 모습이었다. 결코, 우리와 다르지 않은 사람이었다.

남자가 지나온 인생을 말하지 않아도 어떻게 살았는지 눈에 훤히 그려졌다. 손에 끼워진 빛바랜 금반지는 결혼했다고 말해주고 있었다. 20년 이상의 결혼 생활을 했을 것이다. 자식들이 있을 것이다. 자식들은 고등학생 혹은 대학생일 것이다. 거친 손은 힘겨운 노동을 쉬지 않고 해온 흔적일 것이다. 뺑소니를 친 중소형 자동차는 유일한 재산일 것이다. 아직 대출이 10년 정도 더 남아 있을 것이고 월급은 20년째 제자리에 멈춰 있을 것이다. 우리 부모님들 같은, 우리 부부처럼 이름만 다르지 똑같은 시간을 살아가고 있을 것이다.

그런 우리가 '우리'에게 가한 행동에 할 말을 잃고 말았다. 탄식이 절로 터져 나오며 현기증이 났다.

인자해 보이는 선한 인상을 가진, 뺑소니범이라고 불리는 남자는 천천히 자리에서 일어났다. 그리고 머리를 숙였다. 그의 입이 "죄송합니다"라고 말하고 있었다. 나는 심호흡하며 눈물이 뚝뚝 떨어지는 가운데 한 걸음, 한 걸음 다가갔다. 형사는 말없이 나를 지켜봤다. 어떤 위협도 느껴지지 않는 행동 때문이었을 것이다.

떨려오는 입술 뒤로 한마디가 터져 나왔다.

"왜 그러셨어요?"

남자는 고개를 숙이고 말했다.

"죄송합니다."

심하게 떨려오는 입술이 다시 한번 물었다.

"왜 그러셨냐고요."

얼굴을 땅으로 향하고 있던 남자가 또 허리를 굽혔다.

"죄송합니다. 정말 죄송합니다."

눈을 내리깔고 두 손을 공손히 모은 남자에게 눈물과 함께 원망을 쏟아냈다.

"어떻게 사람이 그래요?"

"죄송합니다."

"어떻게 사람이 그럴 수 있어요?"

"면목이 없습니다. 진심으로 죄송합니다."

"그러면 안 되잖아요. 같은 사람으로 그러면 안 되잖아요."

"최대한 반성하고 용서를 구하겠습니다."

내가 비틀거렸다. 남편이 재빨리 한쪽 목발을 던져버리고 나를 부축했다. 형사도 급히 달려왔다. 난 두 사람에게 의지한 채 서럽게 펑펑 울었다. 하염없이 눈물을 쏟아내며 서럽게 말했다.

"우리와 별반 다를 것도 없으신 분이 대체 왜 그랬냐고요…….

대체 왜…….”

이게 내가 낼 수 있는 최대한의 분노였다.

날 진정시키기 위해 형사가 우리를 휴게실로 데려갔다. 전화로 들려줬던 내용을 다시 설명해줬다. 그나마 다행이라는 말도 빼놓지 않았다.

형사는 마지막 이야기에 자신의 추측을 덧붙였다.

“아마도 음주 운전이라 바로 자수하지 않은 것 같습니다. 그냥 잡히면 순순히 조사에 임하려고 기다렸던 것 같아요.”

남편이 눈이 휘둥그레졌다.

“음주 운전이요?”

나도 슬픔을 걷어내고 놀란 가슴으로 형사를 쳐다봤다. 형사는 편하게 말을 이었다.

“네. 그런데 안타깝게도 지금은 입증할 수 있는 방법이 없어요. 이미 시간이 지나버려서 음주 측정은 불가능하거든요. 뺑소니만 처벌받을 수 있을 것 같습니다. 근데 뺑소니도 시시비비를 가려봐야 하는 게, 사고를 냈는지 몰랐다고 말하고 있어요. 공사장에서 늦게까지 일하다가 와서 졸음 운전을 한 것뿐이라고 하네요. 그 정도 사고면 모를 수가 없는데 세 시간만 자고 일하느라 너무 피곤해서 무감각했다고 진술하고 있어요. 아마도 보험 처리를 하기 위해 거짓말하는 것 같긴 한데……. 아! 보험은 풀로 들어났더라고요.”

남편의 눈은 점점 평온을 되찾았다. 내 심장도 조금씩 제 박동

을 찾아가고 있었다. 우린 동시에 마주 봤다. '다행이다'라고 서
로의 눈이 말해주고 있었다.

음주 운전이라면 보험 처리가 불가능할 것이 걱정됐다. 보험
이 안 되는 경우 개인적으로 합의를 봐야 하는데 우리와 별반 다
르지 않은 상황의 남자가 과연 합의를 볼 능력이 되는지 의심스
러웠다. 병원비도 해결할 수 없는 상황이 오지 않을까 불안하기
도 했다. 다행히 형사의 말은 이런 근심을 앗아가기 충분했다. 음
주 운전을 밝히지 못하고 뺑소니가 아니라는 주장이 받아들여지
면 보험은 적용될 것이고 병원비와 보상에 대해선 걱정할 필요
가 없었다.

형사는 친절히 다음 절차를 설명했다.

"상대방에게 보험이 들어져 있으니 보험회사에서 연락이 갈
겁니다. 그럼 그쪽과 잘 협의하시면 될 것 같아요. 합의금 때문
에 얼굴 붉히실 일도 없으니, 죄송한 말씀이지만 그걸로 위로 삼
으셨으면 합니다. 저희도 강력 처벌 하고 싶은데 그게 쉽지 않네
요. 치료비도 보상금도 다 나올 테니 치료에만 전념하시고 아이
도 낳으시니 더 좋은 가정 이루시길 바랍니다."

형사는 남자의 거짓말을 확신하면서도 증거가 없어 못내 아
쉬워했다. 우리와는 전혀 다른 생각을 하고 있었다.

형사가 자리에서 일어나 인사를 하고 조사를 위해 휴게실을
빠져나가려 했다. 남편이 돌아서는 형사를 향해 급하게 말했다.

"선처를…… 부탁드립니다."

형사가 돌아봤다. 남편은 차마 형사를 바라보지 못했다. 마치 날카로운 형사의 눈에 속마음을 들키기라도 할까 봐.

그 마음이 무엇인지 이해할 수 있었다. 더 깊이 파고들어 보험 처리를 받지 못하는 상황까지 치닫게 만들지 말라는 부탁이었다. 그냥 이대로 마무리해달라는 애원이었다.

하지만 다행히 형사는 남편의 속내를 눈치채지 못했다.

"착하신 분들이네요."

형사는 웃음을 보이며 휴게실을 빠져나갔다.

형사가 나간 자리에 둘만 남겨졌다. 남편이 벽에 머리를 기대더니 허공을 향해 마음으로 주고받은 대화를 결국 입 밖으로 꺼내버렸다.

"그래도 다행이다."

말하지 말지. 각자 모르는 척 아무 일도 없었다는 듯이 그냥 그렇게 살아가지. 적당한 보상으로 적당히 위안받으며 적당하게 비밀로 묻어두지. 꺼내버리면 잘못을 인정해버리는 꼴이 돼버리는데. 착하기라도 해야 그나마 정당성을 가질 수 있는 우리 삶인데. 어쩌자고 꺼내서 착하다는 자기최면에서 깨어나게 만들어버리는지.

나는 모르는 척 남편의 말을 부인했다.

"뭐가?"

"음주 운전 적발되지 않은 걸 다행이라고 여기고 있잖아. 뺑소니도 밝혀지지 않는 편이 더 낫다고 생각하고."

정말 시치미를 뗄 수 없게 만드는 남편이었다. 이미 내 속마음을 훤히 읽고는 확신하며 말하는데 아니라 말할 수 없었다.

나는 마지못해 순순히 받아들여야 했다.

"우리 착하지 않은가 보다."

더는 합리화를 시키고 싶지 않았다. 아니, 시킬 수 없었다. 남편도 그렇게 생각했는지 말이 없었다. 적막함이 감돌았다. 엄마와 아빠의 잘못에 화가 난 것일까? 얌전하던 콩딱이가 심한 태동으로 힘껏 발길질을 했다. 나는 소리 내지 않고 인상을 찌푸리며 배에 손을 가져갔다. 남편은 감정에 대한 질책이 밀려오는지 조용히 허공만 바라볼 뿐이었다.

부모에 대한 콩딱이의 원망이 이어졌다. 아무래도 적잖이 실망했나 보다. 세상에 나와서 엄청난 울음으로 우리의 잘못을 이야기하고 싶었나 보다.

양수가 터졌다.

콩딱이가 서둘러 세상에 나올 준비를 하고 있었다.

엄마와 아빠의 비겁함을 꾸짖기 위해 서두르는 것 같았다.

5··2
남편

천만다행이었다. 정말 다행이었다. 오늘은 다행인 순간으로
가득했다. 비록 복잡하고 미묘한 절망들이 동시에 찾아들긴 했
지만 그래도 다행이었다. 다시 일어설 수 있는 행운이 찾아왔다.
범인이 잡힌 것도, 음주 운전과 뺑소니를 증명할 수 없는 상황
도, 콩딱이가 태어나는 시간까지 이들을 만나기 위한 과정이었
던 것일까?
따뜻해지고 있었다.
따뜻해졌고 따뜻하다.

아내는 신음 소리를 한 번도 내지 않았다. 식은땀으로 범벅이
되면서도 이를 악물고 끝까지 버텨냈다. 목발 때문에 부축하지

못하는 나에게 의지하는 대신 스스로 걸어 나가는 걸 선택했다. 한 걸음 한 걸음 누구의 도움도 받지 않고 아내는 양수가 터진 채로 경찰서를 나가려 했다. 안절부절못하는 내게 짧은 말을 뱉어냈다.

"먼저 나가서 택시 좀 빨리 잡아줘."

서둘러 복도를 빠져나가는데 안내 데스크에 있는 젊은 경찰이 급하게 말을 걸었다. 내 표정을 보고는 심각한 상황을 읽어낸 것 같았다.

"무슨 일이십니까?"

숨을 헐떡이며 내가 다급히 말했다.

"택시 좀…… 아기가 나오려 해요."

어리둥절한 얼굴로 경찰은 서 있기만 했다. 앞뒤 잘라버린 말때문에 무슨 뜻인지 이해하기 어려웠던 듯했다. 경찰이 정확한 경위를 물으려 입을 여는 순간 아내가 저만치에서 걸어오는 걸 목격했다. 땀범벅으로 산통을 느끼며 걸어오는 아내를 본 경찰은 질문을 포기하고 도움을 요청했다. 무전기를 다급히 찾은 경찰이 아내에게 본능적으로 다가가 부축하며 소리쳤다.

"응급 상황 발생했습니다. 경찰차 대기시켜주시기 바랍니다."

우리가 차를 가져왔는지 묻지 않고 단번에 경찰차를 불렀다. 목발을 짚고 있는 남자와 산통을 호소하는 여자에게 차의 유무는 무의미하다는 걸 알고 있었다. 아내는 도움이 간절했는지 경찰의 어깨를 움켜잡았다. 제복이 구겨지는 것을 아랑곳하지 않은 경찰이 정신없이 주위를 두리번거렸다.

"응급 상황입니다!"

썰렁한 경찰서 복도가 경찰의 목소리로 쩌렁쩌렁 울렸다. 단한 번의 외침에 몇몇 경찰이 무슨 일인지 살피기 위해 조사실에서 나왔다. 느긋하게 나오던 경찰들이 아내를 보자마자 황급히달려와 부축했다.

"괜찮으세요?"

삼십대 중반의 건장한 형사가 아내를 안전하게 부축하며 말했다.

"차 대기시켰어?"

오십대 후반의 지긋해 보이는 형사가 우리를 도와준 경찰에게 물었다.

"네. 보호자분! 어느 병원으로 가야 합니까?"

경찰들의 시선이 나에게로 향했다. 내 상태를 확인한 경찰들은 더 적극적으로 아내를 돕고 있었다. 정문 앞으로 경찰차가 도착했고 차에서 빠르게 내린 경찰이 문을 열고 들어왔다. 난 내게질문한 경찰에게 대꾸하지 않고 차에서 내린 경찰에게 말했다.

"○○산부인과를 가야 하는데……."

내 말이 끝나기 무섭게 삼십대 중반의 형사가 아내 앞에 무릎을 꿇고 엎드렸다.

"제 등에 편하게 앉으세요. 이봐! 자네는 산모님 균형 잡게 팔잘 잡아드려!"

양수가 옷에 묻는 건 개의치 않는 삼십대 중반의 형사가 아내를 자신의 등에 안전하게 앉도록 했다. 로비를 지키던 경찰과 경찰차를 가져온 형사는 아내의 양손을 잡았다. 오십대 후반의 형사는 아내의 등을 받치며 넘어가지 않도록 도왔다. 삼십대 중반의 형사가 기어가다시피 하며 아내와 콩딱이가 중심을 잃지 않도록 했다. 구부정한, 불안정한 자세인데도 불구하고 모두의 도움이 아내의 빠른 경찰차 탑승을 가능하게 했다.

도움을 받아본 적이 떠오르지 않는다.

생소했다. 아무리 외치고 외쳐도 도와주는 이가 없을 것 같았다. 그래서 쉽게 단념하고 도움이 필요한 가운데도 손을 내밀지 않았다.

그런데 이상한 일이 벌어졌다.

얼떨결에 '도움'을 요청했다. 사람들은 하나같이 세상에 태어날 콩딱이를 향해 손을 뻗었다. 자신의 일이라도 되는 듯 만사를 제쳐놓고 아내가 안전하게 병원까지 이동하도록 돕고 있었다.

아내를 태우자마자 삼십대 경찰이 내 목발을 받아 들고 조수석에 쑤셔 박았다. 동시에 나를 부축하고는 신속하게 차에 오를 수 있도록 도왔다.

오십대 형사가 운전석으로 향하는 경찰에게 단단히 주의를 줬다.

"최대한 빨리 도착할 수 있도록 해. 아기 곧 나올 것 같다."

"네, 알겠습니다."

경찰이 운전석으로 향하는 도중 내가 오십대 형사에게 어색하게 감사 인사를 전했다.

"고맙습니다."

오십대 형사는 내 어깨를 토닥였다. 삼십대 형사가 내게 힘을 북돋아줬다.

"이러라고 우리가 있는 것 아닙니까. 너무 걱정 마세요. 순산하시길 기도하겠습니다."

아내도 로비에 있던 경찰에게 인사를 건넸다.

"고맙습니다."

문을 닫으려던 경찰이 웃으며 말했다.

"건강한 아기 낳으세요."

운전석에 오른 경찰이 범인을 잡으러 가는 것도 아닌데 사이렌을 울리며 차를 급하게 출발시켰다. 뒤를 돌아볼 틈도 없이 차에 속도를 붙였다. 한 손에는 무전기 비슷한 장비를 들고 정면만을 응시하며 말했다.

"조금만 참으세요. 오 분이면 도착할 겁니다."

내가 '고맙습니다'라고 말하려는데 경찰차가 느리게 가는 앞차를 향해 무전기 비슷한 장비를 켜고 말했다.

"비켜주십시오. 긴급 상황입니다. 긴급 상황입니다. 임부가 타고 있습니다. 비켜주십시오."

앞차가 빠르게 오른쪽 방향 지시등을 켜더니 방향을 틀었다.

경찰차가 거침없이 앞질러 갔고 다른 차들도 사이렌 소리를 듣자마자 방해되지 않도록 배려해줬다.

신호 대기를 하는 가운데에서도 타인들의 호의는 계속 이어졌다. 신호를 받은 차들이 양보 없이 줄지어 이동하자 경찰이 다시 마이크 비슷한 것에 입을 댔다.

"긴급 상황입니다. 임부가 이동 중입니다."

그 한마디에 틈도 없던 차량 행렬이 끊어졌다. 경찰차가 넓어진 틈 사이로 빠르게 빠져나가 시원하게 질주했다. 차량이 거의 없는 도로에 들어서서야 경찰은 무전기 비슷한 것을 내려놓았다. 그리고 한숨을 돌리고 백미러로 아내를 바라봤다.

"운전이 거칠어서 죄송합니다. 그래도 조금만 참으세요. 일 분이면 도착합니다."

아내와 나는 동시에 입을 열었다.

"고맙습니다."

조금만 참으세요.

걱정 마세요.

괜찮으세요?

흔한 말이지만 참으로 따뜻한 위로가 되어주고 있었다.

그리고 얼굴을 알 수 없는 도로 위의 모든 이들이 고마웠다. 태어나서 처음으로 타인의 관심과 배려를 받아보는 순간이었다. 가여운 신세라는 가슴속에 새겨져 있던 초라한 흉터가 조금씩 사라지고 있는 듯했다.

아내는 병원 침대에 누워 출산하기 위해 간호사들과 이동하는 도중 나지막하게 중얼거렸다.

"고맙습니다."

병원까지 오게 해준 것에 대한 답례가 아니란 걸 느낄 수 있었다. 우리가 받아온 상처에 따뜻한 온기를 담아 호호 불어주는 사람들에 대한 감사였다.

아주 조금은 확신할 수 있을 것 같았다.

우리가 먼저 손을 내민다면, 부탁이란 부끄러운 소리를 작게나마 낼 용기만 있다면 누군가는 손을 잡아주지 않을까?

아니라도 상관없다.

지금의 기억만으로 우리가 얼마나 소중한 존재인지 알게 됐으니까. 이 기억만으로 충분하다. 앞으론 내가 그렇게 살아볼 테니까.

생각해보니 그랬다.

난 손을 내민 누군가를 잡아주었던가?

작은 부탁의 소리에 귀를 막아버리지 않았던가?

내가 먼저 그런 사람이 되면 될 것이란 생각이 들었다. 비록 엄청난 무언가를 해줄 능력은 없지만 적어도 우리에게 닥쳐온 오늘과 같은 일이 누군가에게 찾아온다면 행동할 것이다.

다가가고, 부축하고, 동행하고, 비켜주고, 따뜻한 응원을 건넬 것이다.

그런 아빠가 될 것이다.

그런 남편이 될 것이다.

그런 좋은 사람이 될 것이다.

그렇게 함께 내 시간을 나눌 것이다.

강요가 아닌 선택으로 주어진 다짐 덕에 뿌듯했다.

분만실에 들어온 지 벌써 세 시간이 흘렀다.

아내는 산통이 심했다. 힘겹게 침대에 누워 몸부림치면서도 아픈 나를 위해 최대한 고통을 참아내려 안간힘을 썼다. 안타깝게 바라보며 "괜찮아?"라고 물어보는 일이 내가 할 수 있는 전부였다. 아내는 당신 다리는 "괜찮아?"라며 오히려 나를 걱정했다.

의사도 많이 지친 상태였다. 힘겨움은 분만실 안에 있는 모두에게 전염되고 있었다. 역설적으로 한마음이 되어 콩딱이가 빨리 태어나주길 애타게 기다리고 있다는 뜻이기도 했다. 의사는 아내를 재촉했다. 이 또한 역설적으로 생각하면 아내와 콩딱이를 걱정하는 마음이었다.

"산모님이 제대로 힘을 주셔야 합니다. 그래야 아기가 힘들지 않아요."

출산 경험이 있는 아내는 의사의 말이 끝나기도 전에 온 힘을 다하기 시작했다. 한 손으로 내 손을 꽉 잡고는 콩딱이에게 신경을 집중했다.

"잘하고 계세요."

의사의 말에 아내는 거친 숨을 몰아쉬며 더욱 힘을 줬다.

"여보, 조금만 더."

순식간에 땀범벅이 된 아내의 힘겨움이 끝나길 바라며 말했다. 두 눈을 질끈 감은 아내가 입술을 깨물었다. 입술이 터질까 염려스러웠는지 간호사가 재빨리 수건을 입안으로 밀어 넣었다. 입이 막혀버리자 숨쉬기가 힘들어진 아내가 고개를 돌려 수건을 뱉어냈다. 입술을 깨무는 대신 숨을 깊이 들이마시며 나에게 말했다.

"오늘 우리 많은 일이 있었던 것 같아."

의사는 아내에게 집중할 것을 요구했다.

"힘주셔야 해요. 그래야 아기도 편해요."

아내가 짧은 숨을 내뱉으며 다시 콩딱이를 위한 몸부림에 고통스러워했다.

"정말 우리 행복하자, 알았지? 우리 가족 모두 행복하자!"

행복하자.

행복하자.

행복하자.

아내의 말이 비명 소리와 함께 귓가에 맴돌았다. 내가 아내의 손을 꼭 잡고 말했다.

"응! 행복하게 해줄게."

아빠의 확답을 기다렸나 보다. 세상에 태어나면 행복할 것을 약속받고 싶었나 보다. 말이 끝나기 무섭게 콩딱이가 울음을 터뜨리며 우리에게 찾아왔다.

아내의 가슴에 미끈한 양수를 뒤집어쓴 콩딱이가 안겼다. 힘이 빠져버린 아내의 손이 부르르 떨리며 콩딱이를 껴안았다. 메아리처럼 퍼지는 울음 속에 아내가 나지막하게 콩딱이에게 말했다.

"행복하게 해줄게, 우리 아가."

내가 손가락으로 콩딱이의 볼을 어루만지며 동의했다.

"아빠가 꼭 행복하게 해줄게."

뜻밖의 손님이 찾아왔다.

공장에서 나를 데려다줬던 김 과장이 기저귀 한 박스를 들고 병원을 방문했다. 콩딱이가 태어나고 입원실에 있는데 갑자기 김 과장이 전화해 왔다. 회사에서 6개월에 한 번씩 단체로 안전화를 맞춰준다고 발 사이즈를 묻기 위해 전화했던 것이다. 나는 들뜬 마음으로 콩딱이의 출산을 알렸고 김 과장은 퇴근 시간도 아닌데 느닷없이 병원을 방문했다. 낯선 상황이었지만 불편하지 않았다. 부모님들보다 먼저 도착한 김 과장은 기저귀 박스를 건네며 당장 아기부터 보자며 병원으로 들어왔다. 나중에 식구들 오면 번잡할 테니 아기만 보고 금방 갈 거라며 부담을 덜어주려 애썼다.

신생아실에서 유리벽을 사이에 두고 김 과장이 콩딱이에게 "까꿍!"하며 말을 걸었다. 들리지 않는 콩딱이는 그저 입을 오

물거리기만 할 뿐이었다.

김 과장의 입에서는 웃음이 떠나지 않았다.

"건강하게 잘 태어났네. 산모는 괜찮고?"

아내의 건강을 묻는 김 과장에게서 진심이 느껴지지 않았다. 예의상 물어보는 말임을 쉽게 알 수 있었다. 콩딱이에게 고정되어 있는 두 눈은 갓 태어난 생명에 대한 사랑으로 가득 차 있었다.

"네. 아기랑 아내 모두 건강합니다."

대충 들은 김 과장은 콩딱이의 작은 몸부림에 "아이구! 요놈 봐라!"라는 말을 먼저 꺼낸 뒤 다시 말을 건넸다.

"앞으로 어깨가 더 무겁겠어."

"그렇죠."

"자네는 이제 곧 깁스 풀고?"

"네."

"하루라도 빨리 일해야 할 것 같은데? 숟가락 하나 더 늘어났으니."

"네."

"20년이면 끝나."

"네?"

대화하는 도중 김 과장은 한 번도 내게 눈길을 주지 않았다. 콩딱이만 바라보며 말하고 있었다. 내가 물음을 던지자 그제야 나를 바라봤다.

김 과장의 손이 내 어깨를 두 번 두드렸다.

"자네 할 일."

무슨 말인 줄 알 수 있었다. 나는 고개를 끄덕였다. 김 과장은
현실적인 조언을 잊지 않았다.

"앞으로 20년 동안은 한 번 정도 차를 바꿀 수 있을 거야. 그
러니까 차 바꿀 때 되면 무조건 부품값 싼 자동차로 바꿔. 그리
고 사람 마음먹은 대로 돈이 나가는 게 아니니까 실비보험이랑
이런저런 보험은 꼭 들어봐. 당장은 아까운 돈이겠지만 목돈 나
가는 병이나 사고가 한두 번은 발생하더라고. 나도 돈 아깝다고
들어놓지 않았다가 적금 세 번이나 깼어. 얼마나 속이 쓰리던지.
집은 전세야, 자가야?"

대충 흘려들을 얘기가 아니었다. 귀담아듣다가 빠르게 답했다.

"반전세요."

"아이고!"

김 과장이 안타깝다는 듯 손뼉을 쳤다. 나는 침을 꿀꺽 넘기며
애타게 물었다.

"왜요?"

김 과장은 한탄스럽게 말했다.

"돈 없어도 무조건 빚을 얻어서라도 집을 사야지, 아파트로.
집값은 오르면 올랐지 떨어지지 않으니까. 그런데……."

"그런데요?"

김 과장이 안쓰럽게 바라보며 말을 이었다. 아무것도 모르는
철부지가 측은하다는 말투였다.

"비싸고 관리비 내는 게 아깝다고 빌라 사는 경우들이 많은데, 빌라는 갈수록 집값이 떨어져. 10년만 지나도 건물값은 날아가고 땅값만 받을 수 있다고. 우리 같은 사람들이 고급 빌라 사는 것도 아닐 거 아니야. 대지 지분도 아파트보다 작잖아. 관리도 안 돼서 빨리 노후되고."

김 과장의 논리적인 말에 얼굴이 굳어졌다. 한숨이 절로 나왔다. 김 과장이 다시 내 어깨를 두드렸다.

"죽어라 일해서 집부터 장만해. 나도 평생 전세 살다가 집값 떨어지면 사야겠다고 생각하다가 결국은 20년 전보다 다섯 배는 더 오른 가격에 집 장만했어. 월급은 1.5배 올랐는데 말이야. 당장 힘들더라도 앞뒤 생각 안 하고 집 사버리는 게 더 나아. 20년만 나 죽었다 생각하고 갚아나가면 그 뒤로는 여유 있게 살수 있는 거잖아. 집 없으면 평생 여유라곤 찾을 수 없어."

이런저런 고민이 산더미처럼 쌓여갔다. 나는 "네"라고 대충 말끝을 흐렸다. 김 과장은 차근차근 집 장만에 대한 노하우를 설명했다.

"분양받는 게 좋거든. LH에서 분양하는 게 제일 좋은데 일단 주택청약 같은 거 들어서 꾸준히 부어놔. 월 만 원만 들어도 혜택이 있어. 자네는 무주택자에 다자녀 혜택도 있으니까 주택청약까지만 들어놓으면 1순위라고. 미리미리 준비해."

"네."

진지한 김 과장의 말은 분명 새겨들을 가치가 있었다. 나는 충고를 되새기며 머리에 각인시키고 있었다. 김 과장은 심각한 내 표정을 보며 껄껄 웃었다.

"예전의 나를 보는 거 같네."

"네?"

갑작스러운 분위기 반전이 당황스러워 물었다. 김 과장이 웃음을 거두어내더니 옛날을 회상했다.

"20년이 길게 느껴질 법도 한데 전혀 그런 생각이 들지 않아."

그랬다. 20년 동안 어떻게……라는 답답함은 없었다. 그보다 20년을 버텨낼 계획을 먼저 세우는 게 우선이었다. 김 과장이 말을 이었다.

"나도 그랬거든. 길다고 생각할 틈이 없더라고. 무조건 20년 동안 벌어야겠다는 생각만 가득했어. 근데 불안해할 필요는 없어. 결국 살아지더라고. 계속 힘든 상황만 있는 것도 아니고. 때론 공돈 같은 보너스가 나와서 웃을 때도 있고 때론 뜻하지 않은 일에 돈이 생기는 날도 있더라고. 나간 돈 떠올리면 세상 못 살아. 아까워서 속이 썩어 문드러져. 그러니까 나간 돈은 빨리 잊고 들어오는 돈 계산하는 재미로 살아봐. 그게 훨씬 사는 데 재미나니까."

김 과장의 말에 생각의 전환을 하려고 애썼다. 이런저런 미래에 대한 계획을 그려보려 했다. 복잡한 머리는 당장 큰 그림을 그려 넣지 못했다. 내 표정이 쉽게 바뀌지 않자 김 과장은 다른 말을 꺼냈다.

"그거 알아?"

"그거요?"

"강화도에서 출퇴근할 때도 보람이라는 게 있었고 행복이라는 게 있었어. 작은 단칸방에 살면서도 참새 같은 자식새끼 보러 가는 퇴근길이 즐거웠고 붕어빵 사 가는 내가 뿌듯했어."

난 얌전히 경청했다. 그리고 공감했다. 나도 그랬으니까. 김 과장의 추억은 계속해서 재생되고 있었다.

"강화도에서 방 두 칸짜리 전세로 옮기던 날도 얼마나 행복하던지. 살던 집보다 조금 더 안쪽으로 들어가서 출근 시간은 길어졌는데도 마음은 넉넉해지더라고. 그러니까 너무 앞만 보고 가지 말라는 거야. 떵떵거리며 사는 사람들도 고민은 있기 마련이듯이 우리 같은 사람들도 소소한 행복이 있는 거니까."

맞는 말이었다. 대리운전을 했지만 행복했다. 아직은 내가 책임져 할 수 있는 일이 있다는 것에 감사했다. 사고를 당하고도 행복했다. 끝까지 함께 힘겨움을 나눌 아내가 곁에 있기 때문이었다. 고통 속에서도 행복은 피어올랐다. 비록 눈물이 더 많은 행복이었지만 행복은 행복이었다. 돌이켜볼수록 내 표정이 밝아지는 걸 깨달으며 내가 말했다.

"맞아요. 그런 것 같아요."

김 과장이 벽에 걸린 시계를 바라봤다.

"아이고! 벌써 시간이 이렇게 됐네. 나 회사 들어갔다가 퇴근해야 해서 이만 가볼게. 나오지 마. 빨리 올라가서 아기 엄마 챙겨줘."

김 과장이 급히 돌아섰다. 나는 꾸벅 인사를 했다.

"그럴게요. 조심히 가세요. 와주셔서 감사합니다."

김 과장은 두 손으로 내 어깨를 몇 번 꼭 주물렀다. 목발로 걸어다니느라 뭉친 어깨에 시원함이 전해졌다. 김 과장의 얼굴에 온화한 기운이 번졌다.

"우리 잘해보자고. 열심히 해보자고. 힘들겠지만 힘내보자고."

마지막으로 힘껏 내 어깨를 주무르고 나서 김 과장이 돌아섰다. 자신과 같은 길을 가게 될 나에게 뭔가를 전하고 싶었나 보다. 버티라고, 이겨내라고 말하고 싶었나 보다.

우리 같은 사람들을 누군가는 '이 시대의 자화상, 이 시대의 고개 숙인 아버지'라 말할 것이다. 그럴 수도 있다. 어떤 시선으로 바라보느냐에 따라 이 시대의 자화상이 될 수도 있고 고개 숙인 아버지가 될 수도 있다. 틀린 말도 아니다. 부당한 대우와 법의 사각지대에서 희생되고 있는 것도 사실이니까. 그런 시선들이 있기에 세상이 조금씩 바뀌고 우리의 권리를 찾을 수 있는 것도 부인하지 않는다.

단지 알아줬으면 좋겠다. 패배자로 살아오지 않았음을. 불합리한 일들을 당한다고 받아들이고 살았던 건 아니었음을. 우리 나름대로 그 안에서 최선을 다하며 작게나마 가족만은 지키고 살았음을. 그러니까 불행한 인생으로 낙인찍지는 말아줬으면.

나름대로 희망을 향해 살아가는 우리가 낙오자란 판단은 미뤄 줬으면. 바꾸지 않고 불리한 모든 것에 적응하는 삶을 탓하지 말고 그럴 수밖에 없는 책임감의 무게를 부디 이해해줬으면.

오늘은 고맙고 또 고마운 일이 많았다.

그걸로 족하다. 그걸로 만족한다. 우리에겐 그것만으로도 행복의 조건이 충족됐으니까.

한차례 가족들이 다녀갔다. 처가 식구들이 다녀가고 나자 긴장이 풀렸는지 아내는 깊은 잠에 빠져들었다. 우두커니 앉아 고생한 아내를 지켜주고 있는데 어머니가 소리 없이 입원실 문을 열고 들어왔다. 내가 인기척에 문 쪽으로 고개를 돌리자마자 어머니는 조용히 하라며 손가락을 들어 보이고는 살금살금 다가와 잠든 아내를 내려다봤다.

"콩딱이 보셨어요?"

인사 대신 건넨 물음에 어머니는 기어들어가는 목소리로 말했다.

"에미 먼저 봐야 할 것 같아서 바로 올라왔다."

"보시고 오시지."

"그려도 에미 먼저 봐야지."

어머니는 한동안 아내를 뚫어져라 바라보더니 내 다리를 내려다봤다. 간이 의자에 천천히 앉은 어머니가 속삭였다.

"일은 곧 할 수 있고?"

"네."

"합의는 잘됐고?"

"네."

"밀린 돈은 다 받았고?"

"네."

아들의 건강이 걱정되지 않는지 현실적인 문제만을 들이미는 어머니였다. 나도 그렇게 변해갈까란 궁금증이 일었다. 유연이와 콩딱이가 새로운 가정을 꾸렸을 때 과연 나는 어떨까? 의문은 오래가지 않았다. 어머니가 내 속사정을 알았는지 술술 말했다.

"니는 인자 유연이 애비고 콩딱이 애비여. 앞으론 몸조심혀서 애들 잘 챙겨."

투박한 말에 정답이 들어 있었다. 자식이 아닌 아버지로 살아가도록 아들을 양보하는 부모의 마음을 그대로 표현하고 있었다.

어머니는 살며시 아내의 손을 잡았다. 아내가 느낄 수 없도록 힘을 주지 않았다. 자장가를 부를 때 토닥여주는 손길처럼 부드러운 손짓을 전했다.

"수고했다."

잠이 든 아내는 들을 수 없었다. 어머니는 신경 쓰지 않았다. 말을 전했다는 것에 의의를 두는 듯했다.

어머니가 일어났다. 내가 일어나려 하자 쓸데없는 짓 하지 말

178

라는 듯 손사래를 쳤다.

"알아서 콩딱이 보고 갈랑게 그냥 있어라."

어머니의 말에 따라 가만히 앉아 말했다.

"벌써 가시게요?"

"시어머니가 있음 괜히 신경 쓰이는 거여. 몸도 불편한디 니도 그냥 있어."

어머니를 거역하지 않았다. 어머니가 신발을 대충 신고는 입원실 문을 열었다. 그리고 나가기 전 나를 애처롭게 바라봤다.

"앞으론 아프지 말아라. 다치지도 말고."

어머니는 마지막에서야 자신의 처지에서 자식에게 하고 싶은 말을 전했다.

깊은 밤 졸린 눈을 비비며 일어난 아내에게 호된 꾸지람을 들었다. 어머니를 그냥 보냈다는 소리에 일어나자마자 핸드폰을 찾았다. 정신없이 전화를 걸어 어머니와 통화를 시도했다. 얼마 지나지 않아 "어머니, 왜 그냥 가셨어요"라고 아내가 입을 열었다. 그 뒤론 가만히 듣고만 있었다. "네. 네"를 반복하다가 곧이어 "네. 약속할게요. 감사합니다"라는 말로 핸드폰을 내려놓았다. 그러더니 멍하니 정면을 응시했다. 참지 못하고 내가 물었다.

"뭐라셔?"

아내의 턱이 구겨졌다. 울음을 참아내고 있었다. 어떤 이야기가 오고 갔기에 울음까지 터지려 하는지 궁금했지만 묻지 않았다. 감정이 잠잠해질 때를 기다려주는 편이 보채는 것보다 낫다는 걸 알았다. 목발을 짚고 일어나 테이블로 향했다. 처가 식구들이 가져온 미역국이 담긴 냄비를 만져봤다. 아직 온기가 남아 있었다. 나는 한 손으로 냄비를 들고 목발로 힘겹게 균형을 잡아 아내에게 가져갔다. 아내의 모습에는 변화가 없었다. 나는 가만히 냄비를 침대 위에 내려놨다. 내가 숟가락을 가지러 다시 돌아설 때였다. 아내가 입을 열었다.

"행복했으면 좋겠다 하시네."

등에 아내의 말이 꽂혔다. 목발이 멈춰졌다. 돌아보지 않았지만 아내는 그대로 벽을 바라보며 말하고 있을 것이다. 우린 각기 다른 곳을 보며 대화를 이어갔다.

"우리 엄마답네."

"아이들도 우리도 꼭 행복한 모습 보여달라시네."

"어른들이 원하는 게 뻔하지."

"해준 거 없이 행복하라고 해서 미안하다시네."

"부모니까. 미안하기도 하겠지."

"그래도 근심 없이 사는 거 보고 싶다 하시네."

"자식 걱정하는 부모들의 흔한 바람이지."

갑자기 등이 간지러웠다. 아내가 날 바라보고 있다는 게 느껴졌다. 가만히 다음 말을 기다렸다. 곧 내 등을 돌려세우는 말이 흘러나왔다.

"사랑한대."

몸을 돌렸다. 예상대로 아내가 가만히 바라보고 있었다. 표정은 생각한 것과는 반대였다. 눈물을 닦아줘야 할 상황이 벌어졌다고 생각했지만 아니었다. 밝은 얼굴이었다. 목소리와는 정반대의 표정이었다. 복잡한 감정을 읽을 길이 없어 얌전히 서 있었다.

아내는 이해 가지 않은 나를 수긍시켜줬다.

"사랑하니까 원하는 거래. 당신이 고생해도 나와 우리 자식들이 행복했으면 하는 마음처럼. 그럼 당신이 고생하는 것조차 행복으로 받아들여지는 것처럼. 어머니도 그런 거래. 우리를 사랑해서 행복했으면 좋겠대. 염치없지만 늙은이가 너무 사랑해서 부탁하는 거니까, 병들어도 좋고 내일모레 죽어도 좋으니까 우리만 행복하게 잘 살았으면 좋겠대. 그게 어머니가 행복해지는 방법이래. 그래서 약속했어. 행복해지겠다고."

할 말이 별로 없었다. 우울해지기도 그렇고 무거워지기도 그랬다. 이럴 땐 늘 하던 말을 하는 게 그나마 자연스러웠다.

"참! 엄마는 못 하는 말이 없어. 정말 우리 엄마답네."

5··3
우리

　우리는 신생아실에서 면회 시간이 끝날 때까지 콩딱이 곁을 지켰다. 목발의 불편함도 출산의 후유증도 개의치 않았다. 간호사가 "이제 그만 올라가보세요. 아기들도 자야 해요"라고 말할 때도 부부는 아쉬움에 몇 번이고 뒤를 돌아보며 걸음을 옮겼다.

　하룻밤을 외할머니네 집에서 보내기로 한 유연이가 없자 부부에게 대화의 시간이 찾아왔다.

　하루 동안 있었던 기적들을 곱씹어보기에 넉넉한 시간이었다. 따뜻한 온돌방으로 된 입원실 바닥에 이불을 펴고 누워 이야기를 나누기로 했다. 유연 아빠의 팔베개를 한 유연 엄마가 가장 걸리는 부분을 먼저 해결하기로 결심했다. 암묵적인 침묵은 침묵을 더 쌓기 마련이라는 걸 잘 알고 있었다. 그녀의 입이 먼저 침묵을 깼다.

"정신없어서 깊이 생각을 못 해봤는데, 당신 치고 달아난 남자 용서하기 잘한 거 같아. 그리고 음주 운전 걸리지 않은 것도 다행이고 뺑소니도 무혐의 나왔으면 좋겠다."

유연 아빠는 가만히 들어줬다. 언제나 유연 엄마의 이야기 속에는 위로가 있다는 걸 살아오면서 깨달았다. 굳이 보채거나 반문하거나 질문하지 않아도 그녀는 항상 그를 위로하는 것으로 대화를 마무리 지었다. 그는 살며시 눈을 감으며 위로받을 준비를 했다. 조용히 있으면 반드시 들려올 위로에, 기대가 밀려왔다. 역시나 그녀의 입은 위로를 전하기 시작했다.

"그 남자가 감옥에 간다고 해서 통쾌하다고 생각할 만큼 우린 나쁘지 않거든. 오히려 찝찝할 거 같아. 그 남자가 감옥에 가버리면 남은 가족은 어떻게 살지 오지랖 넓게 걱정될 것 같고. 보상금도 중요하지만 이런 부분도 무시하진 못해."

눈을 감은 채 유연 아빠가 말했다.

"그래도 잘못을 반성하고 두 번 다시 그러지 않았으면 좋겠다."

"그렇지. 우리 같은 사람이라면 절대 같은 실수로 다른 사람들에게 피해 입히진 않을 거야. 근데 그 사람이랑 우리 같은 사람 같아. 당신도 봤잖아."

유연 아빠가 안도의 숨을 내쉬자 유연 엄마도 함께 가슴을 쓸어내리며 안정을 취했다. 위로가 끝나자 그가 감은 눈을 뜨고는 돌아누웠다. 약속이라도 한 듯 그녀도 돌아누워 코끝을 서로 맞댔다. 최대한 가까운 거리에서 눈빛을 교환했다. 그동안의 부부 생활이 가져다준 방법이었다. 말하지 않아도 진실을 이야기할 때면 누가 뭐라 할 것 없이 마주 보며 코끝을 맞댔다. 누가 먼저 제안한 것인지 떠오르지 않지만, 어느새 우리 부부만의 방법이 되어 있었다.

유연 아빠가 먼저 진실을 말했다.

"우리 한동안 정말 고생 많았다."

유연 엄마가 오늘 겪었던 일들에 대한 소감이었다.

"생각해보면 힘든 일이 계속 이어지는 경우는 없었던 것 같아."

유연 아빠가 유연 엄마의 머리에 입을 맞췄다.

"그렇지? 한 6개월 힘들었나? 월급 못 받고 대리운전하고 사고 났던 시간이 그 정도잖아. 그 전에는 그래도 괜찮았잖아?"

"괜찮은 게 아니라 행복했던 거지. 우리가 너무 적응해서 행복인지도 몰랐던 거 아닐까?"

유연 엄마의 말에 유연 아빠는 곰곰이 지난 시간을 떠올려봤다. 힘들었던 6개월 전을 제외하고는 대체로 평온한 하루하루가 이어지고 있었다. 퇴근하고 집에 돌아오면 다 같이 산책을 했다. 가끔은 외식도 하고 영화도 보며 소소한 일상을 보냈다. 행복이 아닌 일상이라 말해온 시간이었다. 일상이라 치부했던 순간들이었다. 그는 일상이라 여긴 시간들에 반성문을 써 내려갔다.

"불행의 반대말은 행복이잖아?"

유연 엄마가 "그치"라고 소리 냈다.

"그럼 불행하지 않으면 행복한 거 아니야?"

유연 엄마가 "그치"라고 소리 냈다.

"그럼 우린 행복한 시간이 더 많았던 거 아닌가?"

유연 엄마가 짧은 소리 대신 말을 받았다.

"행복만 이어지는 사람은 없는 것 같아. 대신 불행만 이어지는 사람도 없는 것 같고. 누구나 그런 것 같아."

"그러게. 이제 보험금도 들어올 테고 일도 다시 시작하니까 불행은 끝났네?"

"응. 이제 행복해질 시간이야. 지금부터는 행복해질 거야."

유연 아빠가 행복의 시작을 알렸다.

"행복하게 해줄게, 우리 가족 반드시."

부부는 짧은 입맞춤을 나누고 코끝을 마주하고 웃었다. 유연 아빠는 살며시 눈을 감으며 잠을 청하려 했다. 유연 엄마가 잠들기 전 소중한 진실을 꺼내줬다. 누구나 알고는 있지만, 말로 표현하기에는 복잡하고 어려운 걸 명쾌하게 정리해줬다.

"행복이 뭐라고 생각해? 그거 사실 아무것도 아니야. 행운의 네잎클로버를 찾기 위해 무수히 널린 행복의 세잎클로버를 외면하는 것과 같아. 우리에게 행운 따위는 없어. 그건 1퍼센트도 안 되는 희박한 확률이야. 그건 그런 운명을 가진 사람들의 몫이야. 애초에 단념하자. 그리고 무수하게 널린 행복에 만족하자.

사소한 것에 만족하는 법부터 배워보자. 행운을 찾기 위해 행복을 짓밟고 헤집는 바보 같은 행동 속에 시간을 허비하지 말자."

유연 아빠는 행복을 느끼며 유연 엄마를 안고 잠을 청하려 했다. 그녀가 품 안에서 그의 심장에게 말했다.

"행복하게 해줄 필요 없어. 우린 지금도 행복하니까. 항상 행복했어. 그러니까 그런 말로 지금의 행복을 무시하지 마."

6··1
김세영

좌절 속에 힘들어하는 서른 살의 나에게 말해주고 싶다.

"괜찮아. 힘들어하지 마. 이제 곧 너의 새로운 사랑이 찾아올 테고 네가 꿈도 꿔보지 못한 눈물겨운 기쁨들에 행복해할 테니까. 지금의 외로움이 다시는 찾아오지 못할 만큼 행복해질 테니까."

삼십대 초반, 외로움이 가장 불행한 삶이라 여겼다. 별 볼 일 없는 직장에 취직해서 반복되는 하루를 살아갔다. 다섯 평짜리 원룸에서 하루를 시작해 다섯 평짜리 원룸에서 하루를 마감했다. 세제 후 175만 원을 받는 월급은 일탈조차 꿈꾸지 못하게 만들었다.

사치가 심했던 걸까? 습하고 벌레가 나오는 반지하 원룸이 싫어 15만 원 더 비싼 3층 원룸을 택했다. 야근으로 찌들어버린 육체에 한 시간의 잠을 더 선물하려 15만 원 더 비싼 원룸으로 이사를 했다. 55만 원의 월세가 그렇게 사치스러운 것일까?

175만 원은 두부같이 쉽게 잘려 나갔다. 55만 원의 월세를 내고 나면 어김없이 핸드폰 요금과 보험료, 전기요금, 가스비, 관리비로 50만 원이 빠져나갔다. 식료품을 사고 점심을 몇 번 사 먹고 나면 내게 남는 돈은 30만 원이 전부였다. 30만 원을 가지고 적금을 부어버리면 지갑은 항상 강제 다이어트를 해야만 했다.

적은 월급은 자존감까지 낮게 만들었다. 당장이라도 직장을 때려치우고 싶은 욕구가 치솟았지만, 바닥까지 치달은 자존감은 절대 퇴직을 허락하지 않았다. 화가 나도 "네"라고 대답하길 원했고 원치 않는 회식에도 "네"라고 대답하길 바랐다. 상사의 어이없는 심부름에도 "네"라고 대답을 해야 했고 무급 휴일 근무에도 "네"라는 대답과 함께 웃어주길 협박했다.

미래는 보이지 않았다. 나는 사회의 그림자로 이름도 없고 얼굴도 없이 살아가고 있었다. 지나가는 누구도 날 바라보지 않았고 말 한마디 건네지 않았다. 가까운 타지에 나와 있는 친구들을 보는 시간도 자연스럽게 줄어들었다. 나와 비슷한 처지의 친구들은 지갑을 열기 꺼려 했다. 하나둘 결혼하고 나자 더 멀어졌고 천만 가까운 사람이 모여 사는 도시에서 나는 홀로 고립되어갔다.

누구 하나 내 이름을 불러주지 않는 콘크리트 지옥 속에서 나는 나를 잃어가고 있었다.

　외로움이 익숙해지기를 기다렸다.

　나중에 알게 됐다.

　익숙해지는 것이 아닌 잠식당해가는 것임을.

　말을 잃었다. 웃음을 잃었다. 외로움에 허우적대는 나를 다독이기 위해 강아지를 키워볼까 고민도 했지만, 통장은 한사코 나를 만류했다. 그냥 참으라 했다. 더 깊은 수렁으로 빠지는 길이라며 그냥 견디며 살라고 말하고 있었다.

　통장의 말을 믿었다.

　돈이 쌓이면 곧 지긋지긋한 지옥에서 벗어날 거란 희망으로 이를 악물어보기로 했다. 점심은 국밥에서 편의점 도시락으로, 삼각김밥으로 점차 간소화됐다. 삼각김밥의 메뉴 결정권도 점차 줄어갔다. 음료수를 플러스로 끼워주는 메뉴만을 골라야 했다. 먹는 것조차 선택권을 빼앗겨갔지만 3년 후의 미래를 위해 악착같이 견뎠다.

　그렇게 3년을 살았다. 적금 만기가 찾아왔고 기쁜 마음으로 통장을 확인했다. 꽤나 많은 돈이 모였다. 3천만 원의 목돈이 생겼다. 들뜬 마음을 안고 집으로 향했다. 늦은 저녁이었다. 축하해줄 누군가를 찾아보려 핸드폰을 뒤적였다. 수년을 홀로 살아왔던 탓일까? 회사 직원들의 연락처와 거래처 연락처가 대부분

이었다. 간혹 눈에 띄는 친구들은 고향으로 내려가거나 연락한
지 꽤 오래되어 늦은 시간 전화하기가 부담스러웠다. 그렇다고
이렇게 첫 목돈 마련을 그냥 보내기 아쉬웠다. 익숙하고 친근한
편의점을 들렀다. 그날은 김밥 대신 맥주를 사 들었다. 편의점을
나오는 도중 전화로 치킨을 주문했다. 아무래도 좋았다. 축하해
줄 누군가가 없어도, 혼자만의 축배일지라도 두둑한 목돈이 내
게 남아 있다는 사실로 만족했다. 걸음은 가벼웠다. 어느새 집
앞에 도착했고 치킨 배달이 오기 전 서둘러 옷을 갈아입기 위해
집으로 올라갔다. 비밀번호를 누르려는데 포스트잇 한 장이 눈
앞을 가로막았다. 천천히 포스트잇에 쓰인 글자를 읽어봤다.

　—집주인입니다. 계약 만료 3개월 남았습니다. 보증금을 올려
주시거나 퇴실을 부탁드립니다.

　3년의 기다림이 물거품이 되는 순간이었다. 나는 주저앉아 눈
물을 쏟아냈다.

　3년을 모았다. 3년만 더 모아 작은 원룸에 전세로 들어가기만
한다면 더 많은 돈을 모을 수 있다는 환상을 좇아 여기까지 왔
다. 전세로 옮기기만 한다면 지금보다 세 배는 많은 돈을 모을
수 있었다. '이래서 부자들은 쉽게 돈을 버는구나!'라는 이해관
계를 깨우치기도 했다. 마치 내가 부자인 것처럼 그들을 이해하
고 동질감을 느꼈던 것이다. 너무 오만했던 나를 돌아봤다. 그들
은 동질감을 가지길 거부했다. 몇 글자의 짧은 문장으로 그들은

쉽게 돈을 벌고 있었다. 어리석은 나를 탓하는 것 같았다. 절대 섞일 수 없는 부류라며 넘볼 것을 넘보라며 짓밟아버리는 것 같았다.

나의 서른 살은 어디로 향했던 것일까?

나의 가장 소중했던 시절은 무엇을 위해 쓰였던 것일까?

결국, 나는 벌레들을 친구 삼아야 했다. 결국엔 한 시간의 잠을 포기해야만 했다. 억울했다. 억울했기에 나는 또다시 3년을 쏟아부었다. 오기로 3년만 더 버텨보기로 다짐했다. 그래야 억울하지 않을 것 같았다.

3년을 더 버텨냈다. 벌레들이 익숙해져 있었다. 1095시간 내 몸을 혹사시켰다. 그렇게 얻어진 5천만 원이었다. 이제 유일한 친구는 드라마가 되어 있었다. 유일하게 사치를 즐겼다면 TV 다시보기 정액을 끊었다는 것이다.

그사이 한 번의 이직을 경험했다. 15만 원을 더 준다는 회사로 옮겼고 내겐 15만 원의 여유가 생겨났다. 15만 원으로 할 수 있는 취미를 찾다가 결국 TV 다시보기 유료 결제와 자전거를 12개월 할부로 샀다.

자전거를 타면서 몇몇 사람과 친해질 수 있었다. 가끔 연락도 주고받고 회사 이외의 단톡방에 처음 들어가 대화를 나누기도 했다. 2주에 한 번 모여 라이딩을 즐기고 2만 원씩 회비를 걷어 맥주를 마시는 일도 즐거웠다.

이제 라이딩도 TV 다시보기도 떠나보낼 수 있을 것 같았다. 8천만 원으로 회사 근처 원룸 전세를 알아보기 시작했다. 그사이 전세는 엄청나게 올라 있었고 나는 현실에 맞춰 조금씩 회사와 거리를 두고 집을 알아봐야만 했다. 삼십 분 거리에 있는 괜찮은 평수에 햇볕이 잘 드는 원룸을 어렵사리 알아봤다. 당장 계약을 진행했고 처음으로 매달 지출하는 돈 없이 살 수 있는 집을 마련할 수 있었다. 내 집은 아니었지만 내 집과 같은 행복이 전해졌다.

사회에 나와 처음으로 느껴보는 뿌듯한 감정이었다.

전셋집이 있어도 나는 특별한 사람이 아니었다. 서른일곱 살이 되어서야 깨달았다.

나는 절대로 특별해질 수 없음을.

전셋집에서 출퇴근을 한 지 1년이 넘어갈 때였다. 순탄한 삶에 익숙해질 법한 나날이었다. 어김없이 반복되는 일상에 완벽히 적응한 나는 출근 준비를 마치고 신발을 신으려 했다. 그때 한 통의 문자가 전해졌다.

—김세영 씨, 미안하지만 오늘부로 회사 안 나오셔도 돼요. 인수인계 절차 없이 퇴사 처리하겠습니다. 죄송합니다.

'설마' 하는 마음으로 전화를 걸었다. 곧바로 친근한 목소리가 전화를 받았다. 바로 앞자리에 앉아 근무하는 김 대리님이었다.

차이가 있다면 늘 밝은 목소리로 아침 인사를 나누던 목소리가 심하게 가라앉아 있다는 것뿐이었다.

"대리님, 이 문자 뭐예요?"

침착하려 했지만 떨리는 목소리를 감출 수 없었다. 대리는 무겁게 말했다.

"미안해. 회사에서 그렇게 하라네."

"그게 무슨 소리냐고요. 왜 갑자기 뜬금없이."

"우리가 광고 대행해주던 회사가 갑자기 사라졌어. 대금만 수억을 못 받았는데 우리도 어제 알았거든."

"그래서요?"

"나도 죽겠어. 세영 씨뿐만 아니라 연우 씨, 민수 씨도 다 잘라야 한단 말이야."

손에 힘이 빠졌다. 핸드폰이 바닥에 떨어져버렸다. 내 자존감도 함께 바닥으로 곤두박질치고 있었다.

정확하게 일수를 계산한 월급이 들어왔다. 이게 내 마지막 직장이 될 거라고는 상상도 하지 못했다. 받아들이기까지 오래 걸리지 않았다. 받아들이지 않는다 한들 달라지는 건 없다는 걸 잘 알고 있었으니까.

수개월을 이력서 내는 데 허비했다. 지난 7년 사이 경쟁자는 더 많아졌다. 천만에 가까운 도시는 이미 모든 사람에게 일자리를 제공하기에는 한계에 다다르고 있었다. 경력직도 다르지 않았다. 난 대학 전공을 원망했다. 하필이면 가장 많은 이들이 경쟁하는 분야를 전공으로 선택한 걸까?

대학에 들어갈 때도 다른 분야보다 더 경쟁해야 했고 사회에 나와서도 마찬가지였다. 여러 사람이 모이는 곳이 유망 직종이라는 어리석은 판단은 어디에서 나왔던 것일까?

수십 군데에 이력서를 넣으면 몇 군데의 면접이 허락되긴 했지만, 출근까지 이어지진 않았다. 집이 있다고 한들 이제 7개월이 지나면 이곳도 내 집이 아니었다. 내가 할 수 있는 일이라곤 집 안에 웅크려 펑펑 우는 것이 유일했다.

포기하기로 결심했다. 7개월을 더 산다고 한들 거기서 거기였다. 집주인에게 집을 내놔달라고 말하기로 마음먹었다. 고향으로 내려가면 적은 월급일지라도 훨씬 여유 있게 살 수 있었다. 전세를 빼고 나면 돌려받는 8천만 원이 고향에서의 시작을 탄탄하게 도울 것이 분명했다.

내려놓으니 마음이 편해졌다. 하나씩 짐을 정리하다 베란다에 놓인 자전거를 발견했다. 편해진 마음은 누군가와의 대화를 원했다. 나는 동호회에서 유독 나에게 관심을 가졌던 그에게 연락해보기로 마음먹었다. 그는 이사를 와서 동호회 참석을 하지 않으면서도 가끔 나를 보기 위해 회사 근처로 자전거를 타고 왔다. 가벼운 이야기와 함께 커피를 마시기도 했고 부담이 가지 않는 선에서 밥을 먹기도 했다. 신기하게도 그는 내가 외로움에 힘들어질 때마다 귀신같이 알고 찾아왔다. 오늘도 그랬다. 먼저 문자를 보내려는데 그에게 먼저 연락이 왔다. 뭐 하느냐는 질문에 다짜고짜 '술 한잔 할래요?'라고 물었다. 잠시 고민했는지 예상보다 늦게 문자가 왔다.

—9시까지 갈게요. 어디에서 볼까요?

조촐한 포장마차에서 얼큰하게 마셨다. 얼마 만에 마셔보는 술인지 기억도 나지 않았다. 감정을 컨트롤하며 살아온 내게 이성의 마비는 두려운 일이었다. 자제해야만 내일이 후회가 없을 것 같았다. 그도 그런 듯했다. 내가 세 잔의 술잔을 비울 때 그는 겨우 한 잔을 비울 뿐이었다. 취하기 전에는 모른 척 마셨지만 취하고 나니 물어볼 용기가 생겼다.

"왜 같이 안 마셔요?"

"전 세영 씨 얘기 들어주러 왔잖아요. 들어줘야죠."

취하니 머리를 거치지 않은 말들이 쏟아졌다.

"뭘 들어줘요? 어떤 일이 있는 줄 알고?"

"세영 씨 특징이 SNS 프로필에 힘들면 힘들다고 적어놓잖아요."

그랬다. 누구도 관심을 가져주지 않는 프로필이지만 표현할 곳이라고는 그곳뿐이었다. 희박하지만 누군가 내 마음을 알아주고 먼저 문자 보내주길 바라면서. 우연이라고 여겼던 그와 나의 만남이 의도된 것임을 뒤늦게 알 수 있었다. 맨정신이었다면 부끄러웠을 테지만, 기왕 술까지 마신 김에 거침없이 돌진해보기로 했다.

"나 좋아해요?"

그의 얼굴이 붉어졌다. 그가 처음으로 먼저 술잔을 들이켰다. 난 민망할 정도로 빤히 그를 바라봤다. 그가 술잔을 가득 채우며 말문을 열었다.

"뭐……, 위로해주고 싶었어요."

위로라 했다. 분명 위로라 했다. 그림자로 살아온 나에게 그는 위로해주고 싶은 인물로 나를 불러줬다.

"나를?"

내가 되물었다. 그는 다시 술을 털어냈다. 살짝 인상을 찌푸리며 술을 넘기고는 진지하게 말했다.

"네. 세영 씨 위로해주고 싶어요."

"프로필 확인 자주 했어요?"

"매일 확인했어요. 오늘은 어떤 감정일지. 어떤 기분일지."

"근데 기분 좋은 날은 왜 안 왔어요?"

그가 멋쩍게 웃었다.

"행복할 테니까요."

"행복할 땐 안 와요?"

그가 해맑게 웃었다.

"행복하게 해줄 필요가 없으니까요."

취한 머리에 과부하가 걸렸다. 무슨 말인지 이해가 가지 않았다. 머리를 벅벅 긁어대는 내게 그가 친절하게 말했다.

"세영 씨를 행복하게 해주고 싶었거든요."

"그게 무슨 말이에요?"

그는 나를 특별하게 만들어주는 말을 꺼냈다.

"그냥 그랬어요. 세영 씨가 불행하고 외로워하는 게 싫었어요. 그럴 때마다 행복하게 해주고 싶었어요. 그래서 프로필에 외로움이 묻어 나올 때 행복하게 해주고 싶어 찾아왔어요. 오늘도 그렇고요."

"근데 오늘은 왜 답장이 늦었어요?"

"꼭 술을 마셔야 행복하게 해줄 수 있을까 고민했어요. 근데 다른 방법이 없더라고요. 그래서 좀 답장이 늦어졌네요."

그로 인해 난 특별해지고 있었다.

그림자인 나를 알아주는, 이 도시에서 유일한 사람이었다.

그래서였다.

나는 그를 믿고 내 이름을 지웠다. '유연 엄마'로 살아가며 그를 믿었다.

항상 행복하게 해줄 거라는…….

6··2
한상진

결혼식 날 그녀에게 물었다.

"왜 하필 나였어?"

그녀가 답했다.

"자전거를 탈 때 항상 내 뒤를 따라와주는 당신이 좋았어. 쉴 때면 당신이 마시기도 전에 내게 차가운 물을 건네는 당신이 좋았어. 내 얘길 들어주는 당신이 좋았고 술을 마시기보다 내 술잔을 채워주는 데 더 집중하는 당신이 좋았어. 무엇보다도, 내가 왜 힘든지를 먼저 묻지 않고 차를 건네거나 밥을 먹으며 내가 먼저 이야기할 수 있도록 준비해주는 당신이 좋았어."

취미라고는 자전거뿐이었다. 고된 공장 일에서 멀리 떠나고 푼 마음이 굴뚝같았지만 차가 없는 내겐 쉬운 일이 아니었다. 그렇게 시작한 라이딩은 즐거움이 되어가고 있었다.

지방대를 나와 큰 포부를 안고 서울에 왔다. 어머니와 형은 나에게 5백만 원이라는 돈을 쥐여줬고 취업을 위해 고시원 생활을 하며 열심히 노력했다. 1년은 '경험이 없어서'라는 이유로 참아냈다. 2년이 흐르자 '스펙이 부족한가?'라는 의문이 들었다. 3년이 흘러가자 나는 어머니께 학원비를 요청했고 4년이 흐르자 알바를 하며 세 군데의 학원을 다니기 시작했다. 5년이 흐르고 6년이 흐르자 가족도 나도 지쳐갔다. 결국, 나는 서울을 포기하고 인천으로 옮겨 왔다. 첫 직장은 전공을 살린 사무직이었지만 급여가 만족스럽지 않았다. 130만 원의 월급은 취업의 기쁨보다 미래의 암울함을 가져왔다. 결국, 1년도 채 다니지 못하고 사직서를 제출했다. 서울을 포기하니 급여도 덩달아 포기할 수밖에 없는 처지로 내몰렸던 것이다. 여기에서 또다시 한 걸음 양보를 해야만 했다. 전공이 아닌, 대학 졸업장으로 할 수 있는 일이 아닌 오직 급여가 센 직장을 알아보기로 한 것이다.

형의 조언이 가장 컸다. 남양주에서 가구 공장에 다니는 형은 나보다 좋은 대학을 나왔지만 서울 생활을 과감하게 포기하고 공장에 취직했다.

"그렇게 시간 버리느니 차라리 일찍 공장에 들어가서 승진하는 편이 훨씬 나아."

형의 패배자 같은 말을 처음엔 거부했지만 서른 살이 되면서 수긍할 수밖에 없었다. 언제까지 이렇게 살아갈 수도 없는 노릇이었다.

충고대로 난 중소기업의 공장으로 들어갔고, 만족하진 않았지만 식구들에게 신세를 지지 않을 만큼의 월급을 받을 수 있었다.

단, 혼자라면 만족스러운 인생이었다. 혼자 살기만 한다면, 평생을 혼자 살아간다면 막막하지 않은 생활이었다.

누구도 독신으로 살라 말하지 않았지만, 독신을 고집해야만 했다. 그래도 괜찮았다. 앞날까지 계획할 정도의 여유 있는 삶은 진즉에 단념했다. 나 자신을 낮추고 위로 삼는 편이 훨씬 나았다. 아니라면 우울증에 빠져 일어설 수 없을 것 같았다.

삶의 공포. 그것은 나에게 어쩔 수 없이 생각지 못했던 것들에 대한 만족을 가져다줬다.

공장과 집, 가끔 소주 한잔을 곁들이며 살아간 지 5년이 넘어가던 해였다.

일이 끝나고 뜬금없이 형을 찾아간 적이 있었다. 남양주 먼지 가득한 공장 한쪽에서 정신없이 야간 일을 하던 형은 나를 작은 휴게실 공간으로 데려갔다. 작은 박스가 탁자를 대신하고 있었다. 간이 낚시 의자에 앉아 믹스커피를 나눠 마셨다. 무슨 일로 찾아왔느냐는 형의 말에 대뜸 물었다.

"형은 어떻게 그 월급으로 세 식구가 살 수 있는 거야?"

형이 커피를 한 모금 마시더니 잠시 생각에 잠겼다. 천장을 바라보다가 커피 잔을 내려다보며 씁쓸하게 웃었다.

"5백만 원짜리 중고차를 타고 다니면 버틸 만해. 회사에서 주는 점심이 공짜라면 버틸 만하고. 출퇴근 버스가 있는 회사라면 더더욱. 아! 휴일도 추가 근무를 하면 조금 더 여유가 생기지. 추가근무수당도 들어오고 차를 탈 일이 없으니 기름값도 덜 들고. 오래된 중고차지만 고장 날 일도 거의 없잖아."

형의 말은 내게 절망만을 안기고 있었다. 내 낯이 어두워지는 걸 느낀 형이 물었다.

"그거 물어보러 왔어? 혹시 여자 생겼어?"

"그냥. 궁금했어."

"혼자 사는 게 버겁긴 하지?"

"그런가?"

"남자는 3년 정도 혼자 살면 갈등하기 마련인 거 같다."

"후아!"

갑갑한 마음에 깊은숨을 내쉬었다. 형은 벌떡 일어났다.

"기다려. 옷 갈아입고 올게. 같이 나가자."

나가려는 형의 발목을 붙잡았다.

"그렇게 살아져? 매일 일만 하는 거잖아."

형이 돌아보며 웃었다.

"일만 하고 살아야 나가는 돈이 줄어들어. 이렇게 사는 것도 살 만하더라. 휴일이면 나갈 돈 천지거든. 차라리 쓰는 것보다 버는 게 맘은 편하더라."

그래서 선택한 라이딩이었다.

가끔 참기 힘들 정도로, 해일처럼 밀려오는 혼자란 우울감에서 벗어나기 위한 발악이었다. 형과 같은 인생보다 차라리 가끔 찾아오는 외로움이란 녀석을 이겨내는 편이 훨씬 나아 보였다.

그녀를 만났다.

수줍은 얼굴로 사람들 앞에 선 그녀는 입문용 하이브리드 자전거를 끌고 등장했다.

주눅 들어 있던 그녀와 한강 둔치의 다리 밑에서 처음으로 인사를 나눴다. 새로 산 신발과 헬멧이 눈에 띄었다. 피식 웃음이 나올 법도 한데 난 진지하게 그녀를 응시했다.

일곱 명의 남녀가 모인 자리에서 신규 회원은 그녀뿐이었다. 사람들은 자기소개를 부탁했고 그녀가 쑥스러운 듯 아주 작은 목소리로 말했다. 말하는 도중 그녀의 오른발은 계속 땅을 쓱쓱 비벼대고 있었다. 긴장을 많이 한 듯했다.

"안녕하세요. 만나서 반갑습니다."

장난기 많은 한 남자 회원이 말했다.

"이름도 말씀해주셔야죠. 이름 없어요? 에이! 오늘만 보고 말 거예요? 이렇게 온 이상 체인 끊어질 때까진 같이 달려야죠."

사람들이 웃음을 흘렸다. 그녀의 얼굴이 달아올랐다. 나도 모르게 농담을 던진 남자를 째려봤다. 그녀가 머뭇거리더니 아까보다 더 작은 목소리로 말했다.

"김……세영이요."

장난을 친 남자 회원이 또 그녀를 민망하게 했다.

"네? 잘 안 들려요."

그녀가 더 작은 목소리로 말했다.

"김……세영이요."

남자 회원이 또 웃으며 큰 소리로 말했다.

"잘 안 들려요! 자전거 탈 땐 공기 소리 때문에 목소리 커야
해요."

그녀가 주춤했다. 보다 못한 내가 끼어들었다. 그녀 앞으로 다
가가서는 남자 회원 앞에 떡하니 버티고 섰다. 사람들이 "오!" 하
고 환호 아닌 환호를 했다. 짓궂은 장난을 단번에 끝내고 싶었다.

"김세영 씨래. 다들 어디로 갈 거야? 오늘은 내가 맨 뒤로 갈게."

신고식은 나로 인해 시시하게 끝나버렸다. 사람들은 화제를 바
꿔 남쪽으로 내려갈 것인지 북쪽으로 올라갈 것인지를 고민했
다. 그녀는 사람들의 시선에서 자유를 느끼자 안도하는 듯했다.
나는 그녀에게 최대한 친절하게 말했다.

"제가 맨 뒤에서 갈 거예요. 그러니까 저 바로 앞에서 천천히
가세요. 사람들이 속도 내도 따라가려 하지 말고 서서히 가셔도
상관없어요. 어차피 제가 길을 다 아니까 걱정 말고 힘들면 쉬었
다 가고 해요."

그녀가 허리를 푹 숙였다.

"감사합니다."

"아니에요. 이렇게 만나서 반가워요, 세영 씨."

내가 악수를 청했다. 그녀가 멍하니 날 바라봤다. 내민 손이 민망해지고 있었다. 그녀의 눈은 진지했다. 손을 거두려는 찰나 그녀가 내 손을 덥석 잡았다.

"고마워요. 근데 이름이······."

난 곧장 말했다.

"한상진입니다."

"상진 씨 잘 부탁드릴게요. 제가 처음이라······."

그녀가 다시 허리를 숙여 인사했다. 나도 재빨리 같이 허리를 숙였다.

"별말씀을요. 자전거 처음이시죠? 제가 좀 알려드릴까요?"

고맙다는 말도, 잘 부탁한다는 말도 듣기 좋았다. 꽤 긴 시간 동안 들어본 적 없는 말이었다. 흔하디흔한 말 속에 왠지 모를 뿌듯함과 책임감이 느껴졌다. 난 고맙다는 말에 대한 답례로 자전거 수신호를 자세히 알려줬다. 잘 부탁한다는 기대에 부응하기 위해 안장 높이를 알맞게 조절해주고 기본적인 안전 점검을 알려주며 세세하게 도왔다.

그녀의 자전거 정비를 마치고 달리기 위해 슬슬 몸을 풀고 있을 때였다. 그녀가 다가와 내게 시원한 음료수를 건넸다.

내가 웃었다.

그녀가 웃었다.

우린 함께 웃었다.

그녀가 의지할 수 있게 뒤에서 달리는 내가 좋았다.

그녀가 갈증을 느낄 때 물을 건네는 내가 좋았다.

그녀가 나로 인해 웃는 순간이 좋았다.

그녀가 나로 인해 외로움에서 벗어나는 순간이 좋았다.

나를 소중하고 특별하게 만들어주는 그녀가 참 좋았다.

형의 말을 이해할 수 있었다.

나를 알아주는 유일한 사람이 있다면, 그 어떤 시련도 힘들다는 핑계를 만들어내지 못한다는 걸.

나를 알아주는 유일한 사람을 위해서라면 고된 삶을 영원히 보장받더라도 개의치 않는다는 걸.

나를 알아주는 유일한 사람이 행복할 수만 있다면, 그 행복 역시 내 것이라는 걸.

수많은 사람 중 하나로 취급되는 이 시대에 난, 그녀로 인해 특별하고 소중한 존재로 살아갈 수 있었다.

6··3
우리

그래요. 그랬어요. 우리는 그렇게 살아왔어요. 부딪히고 넘어
지고 다치고 아파하며 살아온 시간이었어요.

그럴 땐 항변하라고요?

말들은 참 쉽네요.

아파서 일어나지도 못하는데 무슨 항변이요? 도저히 걸어 나
갈 기력조차 없는데 뭘 하라는 말인가요?

그리 살면 평생을 그리 산다고 말하고 싶은 건가요?

그래요. 맞아요. 그런데요. 방법을 모르겠어요. 어떻게 해야
하는지, 뭐가 옳은 것인지 모호해져버렸어요.

세상엔 말 잘하는 사람들이 정말 많아요. 세상엔 법 지식이 풍
부한 사람들도 엄청 많고요. 우리가 하는 이야기는 다 틀렸대요.

다른 게 아니라 틀린 거래요. 우리도 인내심이 바닥인데요. 미치도록 말하고 싶은데 말만 하면 틀렸다고들 해요.

'이건 이렇고 저건 저렇고'란 논리적 설명들이 결국 우리가 잘못한 거라고 말하네요. 더는 말할 용기가 없어요. 말하면 무조건 틀린 게 되니까요. 내 말은 정답이 하나도 없으니까요.

그런데요. 그렇게 말하지 말라고요. 그렇게 함부로 말하지들 말라고요. 우리와 같이 살아본 적 없으면 감히 쉽게 말하지 말아달라고요. 잘난 거 다 알겠으니까, 부탁이니까, 이렇게 애원할 테니까, 평가하고 아무렇지 않은 듯 유식한 척 말하지 말란 말이에요.

정말 말들은 참 쉬워요.

살아가고 살아가요. 어쩔 수 없이 살고 살아요. 자고 일어나면 오늘도 대충 세수를 하고 지하철을 타거나 버스를 타요. 억지웃음으로 사람들과 인사하고 책상 의자에 앉거나 낡은 장갑을 껴요. 점심밥을 먹을 때까지 쉬지 않고 일해요.

지금 이야기하는 건 모두가 공감할 거 같은데 한번 들어볼래요?

점심시간 전 오전은 시간이 굉장히 느리게 흘러가요. 그런데 기적과도 같이 점심을 먹고 난 뒤 퇴근까지 시간이 후다닥 달아나요. 안 그래요? 그런 적 없어요? 있죠? 봐요. 있잖아요. 결론은 아무리 의견이 다르고 유식한 당신이라 해도 우리와 별반 다를 바 없다는 거예요. 또 똑똑한 논리로 반박하려고 해요? 오늘만큼은 참아줘요. 당신은 일방적으로 글을 읽는 입장이니 어차피 나는 듣지 못해요.

당신이 보고 듣기에 말도 안 된다 해도 그냥 마음 편히 지껄여 볼래요.

미미하지만 공감이 남아 있다는 증거라고 생각하지 않나요? 전 그래요. 그래서 아직까지도 변하길 바라고 있어요. 방법을 모르겠지만 막연하게 매일매일 쉬지 않고 바라고 있어요.

원래 다 그렇잖아요.

바뀌길 바라잖아요. 우리와 반대되는 사람들도 개벽을 원하는 건 마찬가지잖아요. 그러니까 폭넓게 생각해달라고요. 대단한 사람들인 거 다 아니까요. 우리랑 다르다는 걸 인정해줄 테니까 너무 뻣뻣하게 서서 가르치지 말라고요. 방법은 알려주지도 않으면서 훈계질만 하지 말란 말이에요.

그냥저냥 살아가는 거 좋아하는 사람, 하나도 없어요. 행복으로 가득했으면 해요. 일 분 일 초에도 의미를 새기며 웃음이 넘치고 싶어요. 이 또한 당신과 같잖아요. 우리도 별반 다르지 않아요. 숨만 쉬며 살고 싶지 않다고요. 밥만 먹으며 살고 싶지 않다고요. 사는 둥 마는 둥 대충대충 그저 그렇게 살고 싶지 않다고요.

미워하고 싶은 사람이 어디 있겠어요? 사랑만 하고 싶지.

울고 싶은 사람이 어디 있겠어요? 웃기만 하며 살고 싶지.

가난하게 살고 싶은 사람이 어디 있겠어요? 여유 있게 살고 싶지.

전세 월세 전전하고 싶은 사람이 어디 있겠어요? 내 집에서 살고 싶지.

고물차 타고 싶은 사람이 어디 있겠어요? 좋은 차 타고 싶지.

이게 다 우리 탓인가요?

그래서 열심히 일하잖아요. 사랑하고 싶어 일하고, 웃고 싶어 일하고, 여유 있으려 일하고, 내 집 마련하고 좋은 차 타려고 일하잖아요.

당신처럼 나도 일하잖아요.

뭐라고요? 어렸을 때 공부를 안 해서 그런 거라고요? 젊었을 때 놀아서 그렇다고요? 천만의 말씀 마세요. 당신같이 어렸을 때 코피 터지며 공부해봤어요. 젊었을 때 알바란 알바는 다 했다고요.

뭐라고요? 부모 잘못 만났다고요? 왜요? 우리 부모님도 저처럼 열심히 살았어요. 아니, 당신보다 더 열심히 피땀 흘리며 살았다고요. 근데 이래요.

뭐라고요? 제가 너무 일방적으로 당신을 몰아세운다고요? 알겠어요. 한 번만 용납해줄게요. 그러니 똑똑한 머리로 우리 질문에 답해봐요.

대체 우린 왜 이렇게 살아요?

열심히 살면 그렇게 산 만큼 풍족해야 하잖아요. 근데 왜 이래요? 중간에 우리 노력을 가로채는 도둑놈이 있어요? 대체 이렇게 살아야 하는 이유 좀 말해달란 말이에요. 맨날 어려운 단어 써가며 법이 어쩌고 사회구조가 어쩌고 금융이 어쩌고 기업이 어쩌고 부동산이 어쩌고저쩌고 하지 말고요.

그런 말을 이해 못 하는 무식함이 문제라고요?

당신은 버스요금 아세요? 채솟값 아세요? 기름값 어디가 싼지 아세요? 인터넷쇼핑몰 쿠폰 사용 방법 아세요? 동네 마트 행사 기간 아세요?

모르죠? 참 무식하네요. 그것도 모르고 살았어요?

우리가 아는 걸 당신이 모르고 당신이 아는 걸 우리가 모른다고 그게 무식한 건가요? 전문성이요? 전문성이 뭔데요? 주부로 살고 가장으로 살고 직장인으로 살면서 우리도 나름 전문성 있는 사람으로 살아가요.

아기 키우는 방법 잘 알고 계세요? 웹디자인 할 줄 아세요? 용접할 줄 알아요? 이건 전문성이 아닌가요? 가치가 없는 건가요? 분야가 다른데 어떻게 당신 말을 이해 못 한다고 답답해하세요?

다시 한번 대답할 기회를 드릴게요.

열심히 살면 그만큼의 대가는 따라와야 하는 거 아닌가요? 우리가 열심히 일하면 왜 기업만 부흥해요? 내가 일한 만큼 받지 못해서 조금 덜 일하면 왜 퇴직을 강요해요? 자본주의라서요? 자본주의는 일한 만큼 가져가야 하잖아요. 그건 우리도 배웠단 말이에요. 설명 못 하겠죠? 그럼 제 일방적인 주절거림이라도 잘 들으세요.

　지구별에는 꼭 몇몇 욕심쟁이가 있어요. 그들은 자신을 대단
한 사람이라 부풀리죠. 그런데요. 스스로를 대단한 위인이고 혁
신가라고 말하는 사람들 말이에요. 화장실 변기 하나 스스로 교
체 못해요.

　그런 망상가들 때문에 우리가 이렇게 힘든 거예요. 자신은 대
단하고 우리는 보잘것없다고 여기니까요. 거기에서부터 독식은
시작되는 거랍니다. 대단한 내가 더 가져가야 한다는 판단이 옳
다고 믿으니까요.

　이제 좀 아시겠어요?

　입이 근질근질하시죠? 반박하고 싶으셔서 죽을 맛이죠?

　알겠어요. 이제 그만할게요. 당신은 이제 좀 빠지세요. 우리끼
리 이야기를 좀 나누도록 할게요. 안녕히 가세요.

　이런 취급 오랜만이죠? 늘 당신이 주도하고 가르쳐왔는데 말
이죠. 저도 주도해본 적이 처음입니다. 공감은 하나도 안 되는 가
르침만 받았거든요. 우리 서로 처음이니 이해하기로 해요.

　우리는 참 많은 좌절을 겪어왔어요. 아직도 힘든 우리가 대부
분이고요. 별반 다르지 않아요. 비슷비슷하게 살아가고 있어요.
조금 더 힘든 사람이 있고 조금 덜 힘든 사람이 있지만 힘든 건
매한가지예요. 조금이란 차이만 존재할 뿐이죠.

이 글을 읽는 공간이 지하철이든 버스 안이든 소파든 침대든 식탁이든, 읽는다는 건 변함없는 것처럼 말이죠.

지금 이 글을 읽는다는 건 처음부터 끝까지 우리의 인생을 읽어왔기에 가능하겠죠?

그럼 제가 하나만 물어봐도 될까요?

"잘 지내세요?"

물어보니 궁금한 게 또 생기네요.

"건강은요? 괜찮으신가요?"

아이고! 죄송해요. 진짜 묻고 싶은 말이 떠올랐어요.

"행복하신가요?"

어때요? 답해줄래요? 어떤지. 어떻게 살고 있는지.

질문이 낯설어요? 이런 질문을 받아본 적이 꽤 오래됐나요? 사실 저도 그래요. 엄청 오래됐어요. 언제 이런 질문을 받았는지 가물가물할 정도로요.

그럼 질문을 해본 적은요?

이 또한 기억에 남아 있지 않나요? 저도 똑같아요. 그래서 물어봤어요. 조금 더 솔직하게 말하자면 우리에게 이런 질문을 해주길 원했어요. 쑥스럽지만 먼저 꺼냄으로 질문을 받은 이가 제게 또 물어보길 바랐던 거예요.

알아요. 형식적으로 오가는 대화에는 아무런 힘이 없다는 걸요. 그런데요. 그럴 땐 분명 있잖아요. 주절주절 이야기하고 싶은, TV가 지루해지고 독서가 지루해지고 술자리의 취한 기분이

지루해질 때쯤 찾아오는 뭔가 있잖아요. 일방적으로 내 이야기를 하고 싶은 순간 말이에요.

눈치 보이죠? 온종일 내 이야기만 하는 게 미안한 일이 돼버리죠?

그래서 이런 물음이 필요해요.

"잘 지내세요?"

"아니. 요즘 얼마나 힘든 줄 알아? 내가 어떤 일이 있었냐면……."

이렇게 터져 나올 수 있도록 도와주는 물음이요.

행복한 사람이 얼마나 되겠어요. 만족할 뿐이지. 사소한 만족을 행복으로 포장할 뿐이지. 만족과 행복은 비슷하지만, 분명히 다른 말이거든요. 뜻도 다르고요. 하지만 우리는 하나로 포함시켜버리는 것에 익숙해 있잖아요.

우리 약속할래요?

행복해지기로.

가짜 행복 말고요. 진짜 행복으로 진짜 행복해지기로요.

어설픈 명언이 가르쳐주는 '지금이 가장 행복하다'는 말장난에 취하지 말고요. 진짜, 진짜 행복해지기로요.

왜요? 불가능할 것 같아요?

혹시 지금…….

힘드세요? 눈물이 나시나요?

괜찮아요. 흘릴 눈물이 남아 있다는 건 좌절의 두려움을 안다는 증거니까. 그걸 모르고 느끼지 못하는 최악의 상태는 아니잖아요.

많이 지치셨어요? 그래서 주저앉고 싶으신 건가요?

괜찮아요. 주저앉는다고 해서 시원한 바람이 불어오지 않는 것은 아니니까요.

외로운가요? 그래서 슬픔이 그대를 잠식해가고 있나요?

괜찮아요. 외로움은 사랑을 찾아 떠나기 위해 잠시 머무는 휴게소일 뿐이니까요.

행복의 순간이 너무 늦게 찾아온다고 생각해요?

괜찮아요. 그만큼 행복은 그대를 늦게 떠날 테니까.

벼랑 끝에 내몰리셨죠? 더는 물러설 곳이 없으신 거죠?

저도 그랬어요.

저는 그때마다 가슴속으로 외치고 외쳤어요.

"괜찮아! 벼랑 끝이지만 아직 떨어지지 않았어."

작가의 말

　지금까지 이야기를 시작하기 전, 작가의 말을 구구절절 써 내려간 작품은 얼마 되지 않는다. 작품 안에서 이야기하는 편이 훨씬 작가답다고 생각하기 때문이다.

　스물여섯이라는 나이에 소설가가 됐고 10년 동안 네 편의 영화 원작자와 드라마 극본가로 살아오며 늘 하나의 이야기에 목이 말라 있었다.

　평범한 우리. 우리 안의 우리. 우리라는 우리의 이야기에.

　단 한 번도 나는 '우리'에 대한 것을 쓴 적이 없다. 그래서 10주년을 맞아 써보려 한다. 우리를. 지극히 평범한 우리를 위로하는 이야기를 말이다.

　스물여섯 살 때 2백 군데의 출판사에서 〈비스티 보이즈〉 원작 출판을 거절당했다.

또한 사람들은 영화 〈비스티 보이즈〉 원작 소설을 내 첫 작품으로 기억하고 있지만 사실 영화 〈터널〉의 원작 소설인 『터널—우리는 얼굴 없는 살인자였다』가 내가 태어나서 처음으로 집필한 작품이다. 이십대 초반에 집필한 『터널』은 모든 출판사에서 거절당한 작품이었다. 말이 되지 않는다는 이유로, 재미가 없다는 이유로, 사회성이 짙다는 이유로, 필력이 별로라는 이유로 말이다.

영화 〈소원〉의 원작 역시 그랬다. 서른 군데가 넘는 출판사에서 거절당했고 사회성 짙은 작품은 어떤 곳에서도 출판해주지 않는다는 말을 들었다.

드라마 〈이별이 떠났다〉의 극본을 썼을 때 한 방송국에서 여자 이야기, 로맨스가 없다는 이유로 최하위 평가를 받기도 했다. PD들이 평가서라는 걸 작성하는데 거기에는 '쓰레기'라는 단어가 선명하게 눈에 들어왔다. 극본의 '극' 자도 모르는 무식한 소설가가 드라마를 우습게 본다는 이야기도 빠지지 않고 쓰여 있었다.

내가 왜 이런 과거를 구구절절 이야기하고 있는지 이해할 수 없을 것이다. 나는 누구보다 실패가 많았다. 그리고 사람들은 나를 '틀렸다'고 말해왔다. 한두 명이 아닌 엄청난 다수가 말이다.

2백 군데에서 거절한 소설은 영화로 만들어졌다. 첫 작품인

『터널』은 6년 만에 겨우 출판되었고 영화는 7백만이 넘는 사람들을 극장으로 이끌었다. 『소원』은 아동성범죄 공소시효 폐지에 힘을 보탰으며 영화는 청룡영화 최우수상을 거머쥐었다. 뿐만 아니라 『이별이 떠났다』는 작품을 까다롭게 고르기로 유명한 여배우 세 명이 동시에 러브 콜을 보내왔으며 호평을 이끌어냈다.

내 편은 언제나 독자와 관객, 시청자 들뿐이라는 걸 이젠 순순히 받아들일 수 있다. 그렇기에 더 쓰려 했고 반드시 책과 영화 혹은 드라마로 대중에게 선보여야만 했다.

나와 함께해주는 사람들에게 이야기를 꼭 선물하고 싶었다.

나는 출판사 복은 없지만 천만다행으로 감독과 배우 복은 넘쳐났다.

〈비스티 보이즈〉의 윤종빈 감독, 〈소원〉의 이준익 감독, 〈터널〉의 김성훈 감독, 곧 개봉을 앞둔 〈균〉의 조용선 감독, 〈이별이 떠났다〉의 김민식 감독님까지……. 하정우 배우와 설경구 배우, 엄지원 배우와 배두나 배우, 채시라 배우와 조보아 배우까지. 매번 거장들과 명배우들이 함께해주는 행운을 얻었다. 아니, 어쩌면 행운이 아닌 필연이었을지도 모른다. 거장 감독들은 결코 거대한 이야기를 원하지 않았다. 나와 같이 대중과 호흡하고 싶어 했고 나와 같이 대중과 섞이고 싶어 했다. 배우들도 그랬다. 화려한 배역의 욕심보다는 우리 안에 섞여 있는 역할에 목말라 있

217

었다. 유일하게 내 작품에 대한 극찬을 아끼지 않은 예술인은 감독과 배우들뿐이었다. 만약 이들이 없었더라면 투자사와 방송국은 내 작품을 거들떠보지 않았으리라.

이번에도 그랬다. 출판이 결정도 되지 않은 작품에 좋은 인연을 맺어온 감독님과 배우들이 함께하기를 청해 왔다. 하지만 난 정중히 기다려달라는 말을 전했다. 나는 소설로 이야기를 시작했고 여전히 지금도 소설가다. 소설가로 독자의 사랑을 받았기에 영화와 드라마에도 도전할 수 있었다. '우리'를 써 내려간 첫 작품은 소설이 먼저 되어야 한다는 고집을 버릴 수 없다.

조금 더 솔직히 말하자면 나는 극본가, 드라마 작가보다는 소설가라는 수식어에 더욱 욕심이 난다. '극본 소재원'보다는 '원작 소재원'이라는 타이틀이 더욱 소중하다. 그 뒤로 파생되는 창작물이 드라마나 영화가 되어야 한다는 철학은 결코 변하지 않을 것이다.

왜일까?

간단하다. 칠흑같이 어두웠던 앞이 보이지 않는 미래가 두려웠던 시절, 소설은 내게 희망이자 기적이었다. 10년의 작가 생활은 소설가로 살아왔기에 가능했다. 소설가가 아닌 나는 상상도 할 수 없다.

극본에 대한 간절함이 없다고 꾸짖고 싶은가? 극본가를 꿈꾸는 이들에 대한 예의가 아니라고 반문하고 싶은가?

아니. 내 소설을 원작으로 한 극본에 대한 자부심을 갖고 싶을
뿐이다. 소설이라는 창작물을 바탕으로 새로운 작품을 탄생시키
는 작가가 되고 싶을 뿐이다. 극본으로 시작하기가 싫을 뿐이다.

나를 이 자리까지 있게 해준 소설가란 수식어와 독자에 대한
기본적인 예의일 뿐이다.

아주 평범하지만 가장 아름다워야 할 우리의 이야기를 지금
들려드리려 한다. 우리가 한 번은 느껴봤지만 글로 옮겨 적지 못
하고 지나간 순간들을 말하려고 한다. 실제로 존재하는 '우리'
중 하나의 이야기 속에 우리를 담아보고자 한다.

10년 동안, 쓰고 싶었지만 쓰지 못했던 소중한 '우리'를 공감
하고 이해하며 안아주길 바라며 긴말을 마친다.

—본 소설은 실화를 바탕으로 만들어진 픽션입니다.

추천의 글

이십대의 나는 비틀거리는 일이 수도 없이 많이 찾아왔다. 삼십대의 나 역시도 계속 그럴 것이다. 두려움으로 미래를 바라보는 시선 역시 변하지 않을 것이다. 그런 나에게 이 책은 위안을 안겨줬다. 상처받은 내 마음에 반창고를 붙여줬다. 상처가 아물 것 같다.

―배우 김산호
(드라마 〈이별이 떠났다〉 〈달의 연인-보보경심 려〉 〈막돼먹은 영애씨〉)

행복이란 무엇일까? 가끔 혼자서 어두워진 방 안에 누워 있을 때 던져보는 물음 중 하나이다. 소재원 작가님의 작품을 읽고 오늘은 질문하지 않고 잠들 수 있었다. 행복하게 해줄게. 행복하게 해줄게. 내가 먼저 행복하게 해줄게.

—배우 김주리(드라마 〈38사기동대〉 〈내일이 오면〉)

잠들기 전, 침대에 누워 작품을 읽었다. 그런데 쉽사리 잠을 청할 수 없었다. 결국 마지막 장까지 다 읽었다. 점점 녹아들었고, 점점 스며들어갔다. 그리고 다 읽고 나니 마음이 따뜻해졌다. 결국 우리는 같은 마음이었나 보다.

—배우 나혜미(드라마 〈거침없이 하이킥〉 〈하나뿐인 내편〉)

태양과 같은 작품은 아니다. 하지만 가끔은 달빛이 좋다. 은은하고 고요한, 하지만 그 빛은 태양보다 아름답다. 나에게 소재원 작가의 작품은 늘 그랬다. 강렬함보다는 은은하고 고요하지만 태양보다 더 따뜻하다.

—배우 백수희(웹드라마 〈에이틴〉)

세상이란 길 위에 나 혼자가 아니었구나! 도란도란 손을 잡고 함께 위로하며 살아갈걸. 함께 걸어가며 잠시 쉬며 웃음꽃을 피워볼걸. 언제 불어올지 모르는 시원한 바람을 함께 기다려볼걸. 비바람이 세찬 나날일지라도 나 혼자가 아니란 걸 알았다면 꽤

나 근사한 날이 될 수 있었을 텐데.

　　　　　—작가 변원미(드라마 〈왕초〉, 영화 〈중독〉 〈열한번째 엄마〉 각본)

　이 소설에 담긴 이야기는 평범하지만, 그 평범한 이야기는 결코 가볍지 않았다. 평범하기에 더욱 소중했다. 간직하고 싶어졌다. 가끔 행복이 멀어질 때 다시 꺼내 봐야겠다. 그러면 행복이 더 빨리 내게로 찾아올지도 모르니까.

　　　　　—배우 안승균(드라마 〈해치〉 〈나의 아저씨〉 〈스물이지만 열일곱〉)

　평범하게 지나가는 하루가 어느 날 특별해졌다. 누군가를 행복하게 해주고 싶다는 그 마음이 나에게 잔잔한 알 수 없는 감정을 일깨워줬다. 행복하게 해줄게. 그 누군가가 나로 인해 행복해졌으면 하는 바람이 문득 내 마음을 노크하고 있었다. 참, 좋은 글이다!

　　　　　—배우 오창석(드라마 〈왔다! 장보리〉 〈피고인〉)

　이제 갓 서른 중반을 달려가는 작가다. 작가에게 묻고 싶었다. 무슨 일을 겪은 거냐고. 어떻게 인생을 살아왔느냐고. 이런 글을 어떻게 쓸 수 있었느냐고. 허락한다면 소주잔을 나누며 밤

새 이야기를 나눠보고 싶었다. 따뜻하다. 그래서 웃었고 그래서
울었다.

　　　—작가 최석환(영화 〈왕의 남자〉 〈라디오스타〉 〈구르믈 벗어난 달처럼〉)

　'행복하게 해줄게'란 제목을 보고 문득 그리움이 묻어났다. 나
는 언제 이런 다짐을 해봤을까? 언제부터인지 행복에 대한 그
리움이 짙어지고 있던 나를 찾아온 작품이었다. 마지막 장을 넘
기며 웃었고, 행복해졌다. 행복은 언제나 내 곁에 존재했음을 알
수 있었다. 늦은 밤, 행복하게 잠들 수 있었다.

　　　—배우 최정원(영화 〈퍼펙트 게임〉, 드라마 〈브레인〉 〈바람의 나라-연〉)

행복하게 해줄게

© 소재원, 2019

초판 1쇄 발행일 2019년 6월 13일
초판 2쇄 발행일 2019년 7월 12일

지은이   소재원
펴낸이   정은영
편집   김정은
마케팅   이재욱 백민열 이혜원 하재희
제작   홍동근

펴낸곳   (주)자음과모음
출판등록 2001년 11월 28일 제2001-000259호
주소   04047 서울시 마포구 양화로6길 49
전화   편집부 (02)324-2347, 경영지원부 (02)325-6047
팩스   편집부 (02)324-2348, 경영지원부 (02)2648-1311
이메일   neofiction@jamobook.com

ISBN 978-89-544-3984-8 (03810)

이 도서의 국립중앙도서관 출판시도서목록(CIP)은 서지정보유통지원시스템 홈페이지
(http://seoji.nl.go.kr)와 국가자료공동목록시스템(http://www.nl.go.kr/kolisnet)에서
이용하실 수 있습니다.(CIP제어번호: CIP2019017631)